Feuermal
Die Verschwundenen

für meine Enkel

in Erinnerung

an Kurt und Lissy,

die Eltern Julius und Jenny Asser, geb. Fernich,
die Großeltern Cäsar und Fanny Asser,
die Großmutter Bertha Fernich
und alle anderen spurlos
Verschwundenen

Wolfgang Ram

Feuermal
Die Verschwundenen

FSC
www.fsc.org
MIX
Papier aus ver-
antwortungsvollen
Quellen
Paper from
responsible sources
FSC® C105338

Bibliografische Information der Deutschen Nationalbibliothek
Die Deutsche Nationalbibliothek verzeichnet diese Publikation in der Deutschen
Nationalbibliografie; detaillierte bibliografische Daten sind im Internet über
http://dnb.dnb.de abrufbar.

© 2014 Wolfgang Ram, 2. Auflage 2015, Umschlagsgestaltung: Michael Ram
Satz, Herstellung und Verlag: BoD – Books on Demand ISBN 978-3-7357-1667-5
eBook-Version ISBN 978-3-7357-6551-2

Inhalt

Prolog – Rückblende Kriegsende	7
Der Fälscher	25
Scheißmontag	48
Das Spiel	71
Die Rätsel der Moorweide	88
Das Pfingst-Treffen	105
Die Audienz in der Residenz	127
Tulpen aus Amsterdam	146
Epilog	154
Danksagung	159
Erklärungen und weiterführende Literatur	162

Prolog – Rückblende Kriegsende

Ach, der Mai 1945 sollte alles entscheiden, aber dieser Wonnemonat ist eine einzige Katastrophe. Und dann der Galgenhumor seiner Untergebenen!

Sein Stellvertreter, SS-Untersturmführer Rudolf Sengmeier, erzählt den Witz von dem Schwaben, der eine Fliege in seinem Wein findet: „Der Schwabe fischt se raus und klopft ihr mit'm Zeijefinger auf'n Rücken: ‚Spuck's aus, spuck's aus!'"

Wagner steht rauchend am zerborstenen Fenster und sieht auf die menschenleere Moorweide hinaus. Über dem Skelett des alten Dammtorbahnhofs steht die Sonne schon hoch, und die Vögel zwitschern. Man hört keine Schüsse, keine Detonationen mehr.

Der Obersturmführer der SS-Einheit RVE Hamburg, der abgebrochene Kunststudent und Hitler-Verehrer Hans Wagner, hält noch immer mit seinen Leuten die Stellung im Magazin.

Das Kriegsglück hat sich gewendet. Der Russlandfeldzug ist fehlgeschlagen, die gesamte 6. Armee ist vor zwei Jahren eingekesselt und vernichtet worden. Seither folgt Niederlage auf Niederlage und nun die schlimmste Katastrophe – der Tod des Führers Adolf Hitler!

Hätte das Großdeutsche Reich doch nur einen Feldherrn wie die alten Germanen. So ein Hermann der Cherusker fehlt uns heute: Ein aufrechter Arier, der die Übermacht feindlicher Heere durch List besiegt.

Jemand, der die Alliierten in die Sümpfe führt, um sie dort abzuschlachten!

Die meisten Männer aus Wagners Schar sind von Hitlers Nachfolger Dönitz vor fünf Tagen als letztes Aufgebot an die Front befohlen worden. Nun haben er und Sengmeier nur noch eine Rotte aus sechs Soldaten: Die drei Schwaben, den jungen Lützen und die beiden Gefreiten, die unten am Eingang Wache schieben.

Wagner blickt in das große Zimmer, das seinem Kommando jetzt als Kantine und Aufenthaltsraum dient. In den anderen Räumen der Wohnung schlafen seine Leute. In der zweiten Wohnung auf der ersten Etage ist die Kleiderkammer untergebracht, im Erdgeschoss und in den Kellerräumen stapeln sich die anderen Habseligkeiten und Elektrogeräte der evakuierten Juden. Zugegeben, verglichen mit dem Schicksal der frierenden Kämpfer an den eingekesselten Fronten sitzt seine Einheit in dieser Villa in einem recht komfortablen Gefängnis…

Dabei hatte er Elsa versprochen, dass sie ganz schnell heiraten würden, bevor ihre Schwangerschaft bekannt würde. Noch in diesem Mai sollte in engstem Kreis die Kriegsehe geschlossen werden und später, wenn der Endsieg errungen wäre, würden sie im wiedererstandenen blühenden Großreich ein rauschendes Fest feiern. Wagners Sohn soll wie der Führer Adolf heißen, wenn auch Elsa mehr für Hermann plädiert. Notfalls würde Hermann auch gehen – Hermann der Cherusker…
Unwillkürlich ballt Hans Wagner die hagere Faust: Adolf

oder Hermann – für die Zukunft seines Sohnes will er kämpfen!

Rudolfs Gegenüber Gerhard walkt seine Lippen und sieht den Berliner bedeutungsvoll durch seine Brille an: „S'isch net so wia ihr denkat! Mir Schwoaba sen net geizig, mir sen bloß sparsam! Mir sen sogar sehr gastfreindlich, ond des koa älle Welt bestätiga!"

Unaufhaltsam scheint dieser ruhmlose, ja ruchlose Niedergang:
 Der Führer starb am 30. April im unermüdlichen Kampf für unser Vaterland. Vor fünf Tagen ist die Festung Hamburg bedingungslos den Briten übergeben worden, der vorher so kampfeswütige Gauleiter Kaufmann hat feige kapituliert!

Gerhard lamentiert mit einem Daumen hinter sich weisend: „Es isch scho a Deng, mit denne boide zu spiala – die sen sich immer einig. Do i'schs ganz natierlich, dass i andauernd valiera muss!"

Wagner hatte so eine steile Karriere hingelegt, dass sein Kommilitonen vor Neid erblasst waren. Wagner hatte sich schon 1937 in Goebbels' Spezialistenstab „Entartete Kunst" als besonders rigider Akquisiteur hervorgetan und viele Gemälde aus Museen und Privatbesitz konfisziert. Die Bilder wurden heimlich im Ausland verkauft, um Hitlers bevorstehenden Krieg mitzufinanzieren.
 Wagner wird nie den Moment vergessen, als er dem großen Führer anlässlich der Ausstellungseröffnung persönlich vorgestellt wurde und der Reichskanzler

ihm, dem jungen Kunstexperten, leibhaftig die Hand reichte!

Gerhards beiden Mitspieler, Willi und dessen Stubenkamerad Jürgen, feixen über den Ältesten. Vor ihnen liegen große Haufen Groschen. Willi hebt abwehrend beide Hände und ruft in Richtung des mageren Gefreiten: „Wart no a Weile, mir bschtellat erst später, der Gerhard muass erst no amal valiera!" Gerhard unterbricht seinen Vortrag und sieht den jüngeren Kameraden strafend an: „Du wart a no a Weile – du kannst gern scho bschtella, üabers Zahla schwätza mir späta!"

Rudolf erklärt sich einverstanden, mit den dreien Skat zu spielen, und Gerhard schöpft neue Hoffnung.

Das Schlimmste in Wagners Augen ist: Niemand weiß, wie es mit Großdeutschland weitergehen soll. Wagner blickt auf den völlig abgeholzten, vom langen Regen der letzten Tage aufgeweichten Park, der so lange Versammlungsplatz gewesen ist. Er wandert durch den großen Raum zur Rückseite des Hauses und sieht in den weitläufigen Garten der Villa hinunter. Aber weit und breit ist keine feindliche Einheit zu sehen, die ihn und seine Männer verhaften und das Magazin übernehmen wollte.

Wagner dreht sich um und betrachtet gedankenverloren seine Leute. Die in den letzten Monaten immer wieder neu zusammengewürfelte Mannschaft übt sich seit Tagen im Nichtstun, die Männer rauchen, fressen und saufen, was das Zeug hält. Wagner sieht ihnen schweigend zu, ohne ihnen Einhalt zu gebieten.

Damit sie sich nicht sinnlos volllaufen lassen können,

hat er durchgesetzt, dass die Soldaten für ihre Getränke bei der Ordonnanz bezahlen müssen.

Wagner sinnt auf einen Ausweg, sich – und wenn möglich, auch seine Männer – aus der Falle zu befreien, in der sie sitzen.

„Da hab i neie Karta – halt, oine fehlt!" Eilfertig schüttelt Jürgen die fehlende Karte aus der Pappschachtel. Das Deckblatt wirbt für das Deutsche Winterhilfswerk. Die beiden jungen Schwaben wechseln einen Blick, als Gerhard beginnt, die Karten zu mischen, wachsam beobachtet Rudolf die drei. Mit drei Fingern der rechten Hand wirft Gerhard die Karten den Fingern der Linken zu, die sie wie eine Schnappfalle sammeln. „Mecht äbber abheba?" Rudolf winkt ab, und Gerhard teilt aus.

Wagners Blick streift den blassen Gefreiten, der leicht gekrümmt wie ein Fragezeichen an der großen Anrichte mit Wein- und Schnapsflaschen, Konserven und Dauerbrot lehnt. Auf der Anrichte häufen sich die Türme mit Münzen – Karls Kantinen-Einnahmen. Der arme Kerl hat offenbar immer noch Schmerzen: Kaum an der Front, hatte der Gymnasiast Karl Lützen gleich einen Hüftschuss erlitten. Wie durch ein Wunder hatte er die Operation im Kriegslazarett trotz großen Blutverlusts überlebt und ist nun „zur weiteren Verwendung" als Ordonnanz dem Kommando RVE überstellt worden.

„Mach ma' den Rundfunk an, vielleicht jibt's ja ma' wat Neues von der Front!" ruft Rudolf der Ordonnanz zu. Gehorsam dreht Karl das Radiogerät an. Als die Röhren sich erwärmt haben, krächzt aber nur Marschmusik aus dem Lautsprecher.

Willi, Rudolf und Jürgen wischen die zugeteilten Karten über den Tischrand und nehmen sie auf. Keiner verzieht eine Miene. Willi reizt, Rudolf zieht mit, Jürgen passt. Auch Willi gibt auf, und Rudolf nimmt die beiden Karten des Skat auf. Nun fliegen die Karten reihum mit einem Klatschen auf den Tisch, fast jeden Stich zieht Rudolf an Land. Gerhard lauert schadenfroh.
 Willi fängt an, mit dem Kopf zu zucken und stottert plötzlich. Rudolf fixiert ihn, ohne sich aus der Ruhe bringen zu lassen. Gerhard fährt den Jüngeren an: „Lass den Blödsinn, des bringt de bloß en'd Klapsmühl!"

Willi blickt ganz unschuldig drein und antwortet: „Vielleicht ben i da scho?" Er mischt die Karten, indem er den Haufen teilt und beide Stapel mit den Daumen anhebt, sodass sich die Partien verzahnen. Er schiebt alle Karten zusammen und teilt aus. Gerhard macht auch in diesem Spiel keine Punkte und kneift die Lippen zusammen. Willi türmt seine Groschen demonstrativ zu einer Palisade vor sich auf, er legt die Hände vor dem Mund zusammen und bläst ein Halali, dann winkt er dem Gefreiten: „Also, dia Runde zahlt der Gerhard – i hätt gern a Viertele Kalterer See!"

Den vorläufigen Höhepunkt seiner Karriere hatte Wagner eher zufällig erreicht. Als die Deportationen in Hamburg begannen, erhielt Wagner als inzwischen anerkannter Kunstexperte an der Moorweide eine eigene SS-Schar, das Kommando an der Heimatfront zur ‚Rückführung des Volkseigentums' (RVE) Hamburg. Denn eine neue Einnahmequelle hatte sich ganz von selbst aufgetan: Die jüdischen Einwohner Hamburgs wurden zu jeweils etwa tausend Menschen zur Moorweide bestellt, um von hier zu dem wartenden Zug in die Konzentrationslager zu marschieren. Das war ein ordentliches Stück, bis zum Hannoverschen Bahnhof im Hafen zu laufen! Es war Wagners Idee gewesen, den abgelegenen Güterbahnhof als Abfahrtsort zu wählen: So störte man weder den normalen Personenverkehr noch die vielen Truppentransporte am Dammtorbahnhof und vermied unnötiges Aufsehen beim Verladen des Gesindels.

Das Nachbargebäude des Sammelpunktes Moorweide, eine jüdische Jugendstilvilla, wurde geräumt und ihre Bewohner wurden gleich mit dem ersten Zug am 25. Oktober 1941 deportiert. Der SS-Obersturmführer Wagner hat sich von Anfang an hier wohlgefühlt. Ganz oben im zweiten Stock war ein Musikverlag gewesen, dessen Räumlichkeiten er seit gut drei Jahren praktisch privat nutzen kann.

Von hier aus organisierte er mit seinen beiden Rotten von jeweils sechs Soldaten die Sicherung des Volkseigentums, das die Juden nach dem gesunden Volksempfinden widerrechtlich zusammengerafft hatten: Wer mehr als das eine erlaubte Gepäckstück zum Sammelplatz mitbrachte, musste es im RVE-Magazin abgeben. Dabei war es immer wieder zu unangenehmen Szenen gekommen, wenn jemand sein überzähliges Gepäck nicht freiwillig hergeben wollte. So manches Mal mussten Wagners Leute nach längerem Streit mehrfach zuschlagen, bis sie die Koffer übernehmen konnten. Das gab immer Unruhe bei den Wartenden, vor allem, wenn Rabbiner ihre Tora-Rollen und Gebetsbücher verteidigen wollten. Den hebräischen Kram konnte eh keiner lesen, also wanderte er gleich in den Heizungskeller. Aber bei den anderen Juden fand sich dann in den meisten Fällen doch etwas besonders Wertvolles im Koffer...

Wagner war überzeugt, dass nach bewährter Salamitaktik des Führers am Zielort ein ähnliches Kommando das Restgepäck entgegennehmen würde – warum also stellten sich die Juden überhaupt so an?

Während die erste Rotte mit den jüngeren Soldaten in Zusammenarbeit mit der Gestapo unten vor dem Haus die Juden registrierte und das überzählige Gepäck übernahm, öffneten die Männer der zweiten Rotte im Magazin die Koffer und sortierten die Dinge nach Lebensmitteln, Wäsche, Wertsachen, Geld und Kunstschätzen in unterschiedliche Räume der Villa.

Hinzu kamen Elektrogeräte, Musikinstrumente und Wertgegenstände aus den zwangsgeräumten Judenwohnungen, die die Gestapo dort sicherstellte.

Vor allem auf Bilder hatte Wagner es abgesehen. Vor seiner Mannschaft grummelte er immer über all den Kitsch und die entartete Kunst, die aus den Judenhäusern angeschleppt wurde: „Wie besoffen muss man eigentlich sein, um eine Herde blauer Pferde zu malen?" hatte er in die Runde gefragt. Rudolf hatte entgegnet: „Und wat muss man jenommen ha'm, um 'ne Herde blauer Pferde über'm Sofa auszuhalten?" Die ganze Schar hatte gewiehert.

Wagner ließ konsequent sämtliche Gemälde ins Obergeschoss des Magazins bringen und schnitt sie dort säuberlich mit Rasierklingen aus den Rahmen. Dann verstaute er die Leinwände persönlich in den Partitur-Regalen des ehemaligen Musikverlags. Gerade die Bilder aus den Elbvororten boten einige Überraschungen. Er hatte so manches Gemälde von Emil Nolde, Franz Marc und von verfemten Malern der ‚Brücke' erkannt und in einer eigenen Schublade abgelegt. Die leeren Bilderrahmen ließ er zum Heizen des großen Hauses in das Kellergewölbe schaffen.

Die Wertsachen, Gold und Schmuck wurden in ausgediente Munitionskisten verpackt und die stabilen Kisten plombiert. Wenige Tage später kamen Lastwagen und transportierten das angesammelte Material zur Weiterverwertung in verschiedene Zentrallager.

So war der Plan. Aber nach den massiven Luftangriffen der Alliierten auf Hamburg im Sommer 1942 kam es zu Engpässen beim Abtransport des Materials. Geeignete Fahrzeuge waren kaum noch verfügbar, weil sie entweder zerstört oder an die Front verlegt worden waren. Mit der Evakuierung der empfindlichen Gemälde wollte Wagner sich ohnehin Zeit nehmen: Er fürchtete, dass sie auf den Ladeflächen der Pritschenwagen und durch die vielen Schlaglöcher der zerbombten Straßen zu sehr ramponiert würden. Außerdem war ihr Verkauf im Chaos der letzten Kriegsjahre weitgehend aussichtslos.

In den letzten vier Kriegswochen ist gar kein Material mehr abgeholt worden, weil nun sämtliche Verkehrswege lahmgelegt sind: Weder auf der Schiene noch auf der Straße rollen noch Räder. Die Hälfte der Hamburger Wohnungen ist zerbombt, ihr Schutt versperrt meterhoch die Straßen, die Räumkommandos kommen trotz der stark angestiegenen Zahl von Zwangsarbeitern nicht mehr nach. Selbst den Hannoverschen Bahnhof im Hafen haben die feindlichen Bomber inzwischen pulverisiert...

Das Magazin ist hoffnungslos überfüllt. Nur die Lebensmittel sind entweder von der eigenen Mannschaft aufgegessen oder an befreundete Dienststellen verteilt worden. Allerdings gibt es noch immer Alkohol und Tabak in rauen Mengen.

Jetzt ist der charismatische Führer tot, sein Nachfolger Dönitz ein Schlappschwanz und der smarte englische Feldmarschall Montgomery mit seinen Wüstenratten mir nichts dir nichts in Hamburg einmarschiert – das bittere Ende ist greifbar nah!

Während seine Leute den Tag mit Kartenspielen totschlagen, überlegt Wagner, welche Optionen noch bestehen: Sie könnten warten, bis sie entdeckt werden, auf die sich nähernden feindlichen Soldaten feuern und den Heldentod sterben. Sie könnten den Briten das Magazin kampflos übergeben und die nächsten Jahre in einem Kriegsgefangenenlager, vielleicht im kalten Schottland, verbringen – oder sogar als Kriegsverbrecher angeklagt und für immer in Stalins berüchtigte Lager nach Sibirien verbannt werden.

Oder sie könnten die olle Judenbude einfach abfackeln und heimlich verschwinden.

Aber in diesem Fall sollten sie wenigstens so viele Wertsachen mitnehmen, wie sie tragen können. Da dämmert ihm eine geniale Idee, vielleicht zwei Fliegen mit einer Klappe zu schlagen.

Plötzlich plärrt in der Dämmerung eine Sondermeldung aus dem Rundfunkempfänger: Der Sprecher des Reichssenders Hamburg verkündet nach einigem Räuspern mit belegter Stimme, dass die bedingungslose Kapitulation des Deutschen Reiches für alle Fronten am 8. Mai um 23:01 Uhr inkrafttreten werde.

Die Männer wirken wie versteinert, keiner wagt, die anderen anzusehen. Nach einigen Schrecksekunden kippt die Stimmung und unbändige Wut kommt auf. Unvermittelt brüllt Rudolf den sich am Tisch abstützenden, leise schluchzenden Gefreiten an: „He, Karl, du verdammter Krüppel, was fällt dir ein? Ein deutscher Soldat flennt nich' wie'n Waschweib! Haste in die Hosen jeschissen oder ha'm se dir die Eier gleich mit wechjeschossen? Nimm jefällichst Haltung an und räum hier endlich ab!"

Der SS-Obersturmführer sieht seine Autorität in Gefahr. Er darf jetzt keine Panik aufkommen lassen, wenn sein Plan aufgehen soll. Wagner befiehlt Karl, die beiden Wachen hochzuholen. Er baut sich vor seiner versammelten Mannschaft auf und beginnt seine Ansprache ganz ruhig:
„Männer, unser einzigartiger Führer ist gefallen, aber er hätte nie kapituliert. Wir dürfen seine Ziele nicht verraten. Mag kapitulieren, wer will – wir nicht! Wir

werden kämpfen, bis sein Wille erfüllt ist. Ihm haben wir Treue geschworen über den Tod hinaus, und darum werden wir für den Endsieg bis zum letzten Blutstropfen kämpfen, wie es unsere Kameraden im Felde getan haben: Heil Hitler!"

Er streckt den rechten Arm zum Gruß, seine Mannschaft springt auf, steht stramm und schreit wie aus einer Kehle „Heil Hitler!"

Wagner sieht nacheinander jedem seiner Untergebenen beschwörend in die Augen und entwickelt seinen Plan: „Wir werden siegen, und wenn es noch so lange dauert. Das Tausendjährige Reich wird aus den Trümmern wiederauferstehen, und wenn wir Generationen dafür brauchen werden. Wir werden die Fackel des Führers weiterreichen an unsere Kinder und Kindeskinder: Wir sind der Anfang der Wiederkehr, die Keimzelle des Erfolgs, der unserem geliebten Deutschen Volk eines fernen Tages den verdienten Endsieg bringen wird!

Wagner macht eine bedeutungsvolle Pause und beginnt, im Raum auf und ab zu wandern:

„Wir gründen – hier und jetzt – eine nationalsozialistische Bruderschaft, einen Geheimbund. Wir nennen ihn RDB: Reichsdeutscher Bund. Und wir werden ein konspiratives Netzwerk autonom arbeitender Zellen bilden. Jeder einzelne aus unserem Kreis wird für unsere Überzeugung leben und neue Mitstreiter gewinnen. Wir müssen alle Fantasie entwickeln, um unseren Kampf für die Überlegenheit der deutschen Rasse fortzuführen."

Rudolf wird unruhig: „Wat schlächst du denn nu jenau vor?"

Wagner fixiert Rudolf kalt und antwortet leise, aber jede Silbe betonend:

„Wir tauchen unter. Jeder fährt dorthin zurück, woher er gekommen ist. Wir werden sehen, ob der Tommy uns in sein Königreich eingliedern oder Stalin uns zu einer russischen Kolonie erklären wird.

Auch wenn sie uns unterjochen, werden sie nicht um eine neue Verwaltungsstruktur im Deutschen Reichsgebiet herumkommen. Und da müssen wir rein: Wir eröffnen eine neue Heimatfront! Hitler hat Jahre gebraucht, seine Leute in die Medien, die Ämter und Kirchen, die Schulen, und Universitäten, die Krankenhäuser und selbst in das Deutsche Rote Kreuz einzuschleusen. Da waren Polizei, Politik, Geheimdienst und Wehrmacht nachher Selbstgänger. Wir werden bei Null anfangen müssen, aber wir werden als nationale Kraft von Anfang an dabei sein!"

Wagner sieht an den skeptischen Gesichtern seiner Untergebenen, dass er noch Überzeugungsarbeit leisten muss. Er erklärt jedem Einzelnen, wie er sich zuhause mit seinen Fähigkeiten und Beziehungen für den Bund einsetzen könnte. Endlich sehen die Männer ein, dass sie kaum eine andere Chance haben, als Wagners verrückten Auftrag zu akzeptieren. Sie schwören ihm und dem frisch geschlossenen Reichsdeutschen Bund Treue bis zum Tod.

Danach schickt Wagner sie in die Kleiderkammer. In zivilen Klamotten lässt er sie nachts in der feuchten Gartenerde die Munitionskisten mit den wertvollsten Schmuckstücken vergraben. Außerdem wird ein unterirdisches Waffendepot in einem alten Kanalisationsschacht angelegt, den sie bei den Erdarbeiten entdeckt haben. Dann werden sämtliche Uniformen und verräterischen Papiere der Mannschaft und die Aktenordner mit den Inventarlisten des Magazins in der Heizung verbrannt, die schon so vieles geschluckt hat.

Schließlich füllen sich alle Soldaten ihre Taschen mit Dollarnoten, Goldstücken und Tabak.

Wagner entlässt seine Leute mit der nochmaligen Verpflichtung zur absoluten Verschwiegenheit. Ihre Aufgabe muss es sein, für fünf Jahre unterzutauchen und wo möglich die sich bildenden Organisationen im Reich mitzugestalten oder zumindest zu infiltrieren.

Es darf keinerlei Kontakt untereinander aufgenommen werden, bis sie sich alle am Pfingstsonntag in fünf Jahren, also am 28. Mai 1950, wieder um 12 Uhr in der Wandelhalle des Dammtorbahnhofs treffen. Dann soll jeder berichten, welche soziale Position er erreicht hat und welche Verbündeten er gewinnen konnte.

Wer nicht da sein wird, gilt als Verräter an der gemeinsamen Sache und wird für immer aus dem RDB ausgeschlossen. Wenn jemand vom Bund ihn ausfindig macht, muss der Verräter liquidiert werden.

Dann werden sie den gemeinsamen Kampf koordinieren und auf alle Ebenen ausweiten – infiltrativ, subversiv, aber auch politisch offensiv. Wenn sich die West-Alliierten durchsetzen und tatsächlich eine Demokratie in Deutschland gründen sollten, wird der Geheimbund mit seinem politischen Arm einer nationalen Partei zur Wahl antreten und gleichzeitig mit dem militärischen Arm aus dem Untergrund heraus den Umsturz und die Befreiung des geknechteten Volkes vorbereiten.

Was immer geschehen wird: Alle fünf Jahre am Pfingstsonntag um 12 Uhr wird die Führungsriege des RDB sich am Dammtorbahnhof treffen – automatisch und ohne schriftliche Einladung, damit der nationalsozialistische Gedanke unabhängig von der jeweiligen Politik langfristig erhalten bleibt – bis das Endziel erreicht ist.

Als er Rudolf als Letzten in der Dunkelheit verschwinden sieht – wann hatte er eigentlich Karl verabschiedet und wollte der nach Lüneburg oder Lübeck? – seufzt Wagner: „Das war die erste Fliege!"

Die zweite Fliege soll seiner ganz persönlichen Rettung dienen:
  So viele Menschen sind spurlos verschwunden, vermisst, totgesagt. Millionen von Juden sind beseitigt worden. In vielen Konzentrationslagern haben es unsere Kameraden geschafft, sämtliche Unterlagen über die Internierten zu vernichten, bevor die Alliierten die Lager befreien konnten.
  Wenn man sich nun in Zivil und abgerissen bei einem Meldeamt einfindet und eine neue Identität annimmt – wer außer einem selbst würde das bezeugen oder widerlegen können?

Endlich allein im Haus zieht sich Wagner in die Räume des Musikverlags zurück.
  Soweit er sich erinnert, waren Herzberg und Fink die aktiven Musikverleger gewesen, während Rosenstein mehr als Kapitalgeber im Stillen gewirkt hatte – ihn kannte kein Kunde! Alle drei waren sicher schon durch den Schornstein eines KZs verraucht. Sollte einer doch

überlebt haben, käme es schlimmstenfalls bei einer Gegenüberstellung zur Aussage gegen Aussage.

Der SS-Obersturmführer blättert in den Deportationslisten. Von den über 17000 Vorkriegsjuden in Hamburg waren nur noch 647 übrig geblieben. Schade, dass wir nicht mehr ganz fertig geworden sind und die Festung Hamburg judenfrei melden konnten! Die Staffel wäre sicher vom Gauleiter ausgezeichnet worden, Wagner hätte Sonderurlaub erhalten und Elsa heiraten können. Für die letzten Juden wäre doch nur noch ein halber Transportzug notwendig gewesen!

Ganz vorn, unter Nummer 513 fand er endlich, was er suchte: „Rosenstein, Samuel, geb. am 15.2.1902, wohnhaft Moorweide 18" – also gut 5 Jahre älter als Wagner selbst. Das lässt sich hinkriegen.

Wagner braucht noch etwa eine Stunde, um auch die Deportationslisten in den gefräßigen Ofen der Heizung zu schieben. Dann schnitzt er sich mit einer Schere den kleinen Oberlippenbart ab, den Elsa immer als „Rotzbremse" verspottet hat, schneidet seine Haare so kurz wie möglich und massiert ein wenig Asche in die verbliebenen Haar- und Bartstoppel. Er zerreißt seine während der Gartenarbeit zerschlissene Hose und die alte Jacke, zieht die Socken aus, entfernt die Schnürbänder und trennt die Sohlen von seinen lehmigen Schuhen.

Er wälzt sich nochmals mit Händen, Gesicht und der gesamten Bekleidung in Erde, Sand und Lehm des aufgewühlten Gartens und klopft den Schmutz oberflächlich wieder ab. Schließlich häuft er alte Zeitungen und Partituren auf die Gemälde in den Regalen.

Auf seine Lieblingsbilder legt er die Partitur des Hochzeitsmarsches aus dem dritten Akt des ‚Lohengrin'. Aus der Leibstandarte SS war einmal durchgesickert, dass Hitler bei der letzten Aufführung in Bayreuth an dieser Stelle die Tränen gekommen sein sollen. Er war eben nicht nur ein grandioser Führer und Kämpfer, sondern auch ein gefühlvoller Mensch und großer Kunstkenner gewesen! Jetzt verbarrikadiert der Obersturmführer den Zugang zu seiner Schatzkammer mit herumstehenden Büromöbeln, schließt den Musikverlag ab und deponiert den Schlüssel im Garten unter einem Stein.

Wagner macht sich im Morgengrauen auf den Weg zur Wache des provisorischen britischen Standortkommandos am Grindel und bittet die noch verschlafen wirkenden Tommys um ein Stück Brot. Gierig schlingt er das gereichte Toastbrot hinunter und schüttet mit zittrigen Händen den heißen Tee hinterher, den der mitleidige Sergeant ihm einschenkt.

Dann bittet die abgerissene Gestalt die Tommys um die vorläufige Personenfeststellung als der aus dem Konzentrationslagers Bergen-Belsen befreite Samuel Rosenstein, geboren am 15.2.1902, wohnhaft Moorweide 18, ganz in der Nähe des Dammtorbahnhofs.

Bergen-Belsen? Sergeant Freeman hatte von seinen Kameraden gehört, dass sie auf dem Vormarsch durch die Heide ein riesiges Gefangenenlager entdeckt und befreit haben, aber auch nach der Befreiung noch Dutzende ausgemergelte Gefangene nicht mehr transportfähig waren und noch im Lager an Typhus verstorben sind. Ähnliches hatten die Amerikaner aus Thüringen gefunkt, es hat sogar erste Fotos in den englischen Zeitungen gegeben. Dieses verfluchte Land muss voller Vernichtungslager sein!

Der neue Rosenstein erhält wenig später in der Kommandantur ein englisches Zertifikat mit einigen dicken Stempeln und Unterschriften, aus dem sein Geburtsdatum, 15.2.1902, seine Heimatadresse, Moorweide 18 in Hamburg, und seine mehrjährige Lagerhaft, zuletzt in Bergen-Belsen, hervorgeht.

Damit macht er sich auf den Weg zum Wohnungsamt Hamburg-Innenstadt und verlangt die Wiedereinweisung in seine alte Wohnung. Am Nachmittag ist Rosenstein wieder zuhause.

Erst einmal wäscht und rasiert er sich gründlich, sucht sich in der Kleiderkammer einen ordentlichen Anzug, Hemd, Krawatte und passende Schuhe heraus. Der frischgebackene Samuel Rosenstein betrachtet sich im Spiegel, faltet seinen englischen Behelfsausweis sorgfältig zusammen und schiebt ihn in die Brusttasche. Wenn Elsa einen mittellosen abgebrochenen Kunststudenten und glücklosen Soldaten Wagner geheiratet hätte, wird sie seine Legende des überlebenden jüdischen Villenbesitzers Rosenstein auch nicht von der Hochzeit abschrecken, da ist er sich sicher!

Dann genehmigt er sich eine dicke Zigarre und einen doppelten Cognac aus den verbliebenen Vorräten. Rosenstein ist recht zufrieden mit sich und seiner Umgebung. Er hat eine neue Identität sowie ein ansehnliches Startkapital für seine zukünftige Familie und die politische Arbeit im Bund zur Verfügung. Der Anfang ist gemacht – nun gilt es, die Zukunft selbst anzupacken!

Der Fälscher

Was guckst du so? Siehst selber komisch aus! Warum hast du einen Knopf im Ohr? Hörst du schlecht oder was? Und deine bunten Klamotten: Biste im Zoo von der Papageien-Stange gehüpft? Erst deine Haare! Ist dein Frisör da unten ausgerastet, weil du kein Geld dabei hattest oder hat deine Mutter beim Haareschneiden das Licht ausgemacht? Kein Wunder, dass dein Käppi auf der Frisur nicht hält...

Aber dein Rollbrett: das würde ich gern mal probieren. Geht das nur bergab?

Du brauchst mich gar nicht so anzustarren, ich bin schließlich verschwunden. Also, schon länger – ein Menschenalter bald. Als ich so alt war wie du, tobte der Zweite Weltkrieg in Europa, den Adolf Hitler angezettelt hatte.

Hier um dich herum prasselten Bomben vom Himmel, die Hamburger saßen in den Luftschutzbunkern oder in betonverstärkten Kellern wie bei euch hier unten im Haus. Und die Schulkinder wurden ‚aufs Land verschickt' – jedenfalls die arischen Kinder.

Und auch ich war auf einmal weg, und zwar spurlos. Das sagen jedenfalls die Nachbarn. Und weil unsere Familie immer wieder umziehen musste, hatten wir ziemlich viele Nachbarn, die das bezeugen können.

Deshalb bin ich auch gar nicht hier. Wahrscheinlich träumst du nur, dass ich da bin, mit meinem Elbsegler und dem abgewetzten Flanellhemd. Es ist zu kalt für die Jahreszeit, aber außer der kurzen grauen Filzhose und meiner zweireihigen Jacke habe ich nichts anzuziehen. Na gut, meine etwas zu kleinen Lederstiefel und die Wollstrümpfe, an der Oma Flunki in jedem Herbst die Spitzen länger strickt, trage ich im Winter auch.

Ach so, dich stört mein riesiger roter Fleck im Gesicht. Das Feuermal habe ich seit Geburt. In der Schule wurde ich oft damit gehänselt. ‚Feuerfresse' und ähnliche Beschimpfungen waren an der Tagesordnung. Du hast es ja schon gesehen, mit 13 Jahren war ich eher ein Dickerchen. Als ich später meine Druckerlehre in Berlin angefangen habe, musste ich viele große Setzkästen mit Bleilettern schleppen und schwere Maschinen bedienen. Und abends haben wir Lehrlinge uns heimlich getroffen und am Spreeufer bei einem alten Profi-Boxer verschiedene Kampfsportarten gelernt. Dabei habe ich ganz schön Muskeln gekriegt. Aber ich kann nicht nur boxen, ich bin auch gut in Jiu Jitsu.

Manchmal habe ich die dummen Sprüche über mein Feuermal nicht mehr ausgehalten und dem Lästermaul auch mal die Fresse poliert. Das hat regelmäßig Ärger gegeben, und meistens kriegte ich die Schuld. Einmal bin ich sogar in ‚Schutzhaft' genommen worden. Mir hat aber niemand erklärt, wer gegen wen geschützt wurde – jedenfalls war ich da schon mal zwei Wochen verschwunden, sozusagen probeweise...

Mal ehrlich: bist du mit deinem Aussehen rundum zufrieden? Na also – aber so entstellt wie ich, bist du wohl nicht.

Ich bin übrigens Kurt. Was gibt's da zu grinsen? Dein Name war zu meiner Zeit auch nicht üblich. Heißt man heute Nalle und Lönne und Bo oder so? Also, Kurt. Kurt Asser. Ich sehe schon, wir hätten trotz unserer Unterschiede Freunde werden können.

Da gibt es nur zwei Probleme: Die Zeit und den Ort. Wenn ich bei dir einsteigen müsste, wäre ich ja schon so alt wie dein Urgroßvater. Und du bist für eine Freundschaft mit mir reichlich spät auf diese Welt gekommen. Aber Zeit ist relativ, sage ich Lissy immer.

Und weil ich ja spurlos verschwunden bin, fehlt uns auch ein gemeinsamer Ort – obwohl: dieser verbindet uns schon...

Auch, wenn wir nun noch keine dicken Freunde sind, will ich mal nicht so sein: So hilflos, wie du guckst, hast du keine Peilung von dem, was mir und meiner Familie passiert ist. Wenn ich besser informiert gewesen wäre und mehr Fantasie gehabt hätte, welche perfiden Ideen machtgierige Menschen entwickeln können, hätte ich vielleicht den Hauch einer Chance gehabt, nicht spurlos verschluckt zu werden. Damit du nicht in eine ähnliche Falle tappst, werde ich dir unsere Geschichte erzählen – die Geschichte von Lissy und mir und all den anderen spurlos Verschwundenen.

Ich sehe, wie du jetzt überlegst, ob diese Geschichte wahr oder erstunken und erlogen ist. Wir sind sogar entfernt verwandt: Dein Ururgroßvater Julius war mein Großonkel. Und wenn Julius auch verschwunden wäre, hätte es dich nicht gegeben – gut, das war wieder zu schwierig für dich.

Ich schwöre dir jedenfalls, dass ich aus Fleisch und Blut war – und auch meine Schwester Lissy, unsere Eltern und Großeltern und Oma Flunki, unsere ganze Familie - bis wir alle auf staatliche Anordnung verschleppt wurden, und dass alles, was ich dir berichte, tatsächlich stattgefunden hat.

Wenn du mir nicht glaubst, könntest du mal meinen Bizeps fühlen – aber du bist schon ein echtes Glückskerlchen, denn ich bin ja nicht mehr hier...

Nalle schreckt hoch: Er hört das Quietschen und Ächzen des kleinen Lifts im Erdgeschoss. Der alte Hauseigentümer zwängt sich in die Kabine, zieht das Gitter hinter sich zu und drückt auf den Knopf aufwärts. Surrend wird der Lift durch einen aus schmiedeisernem Rankwerk geformten Zylinder nach oben gezogen, passiert Nalles Etage und hält ruckelnd im 2. Stock. Das Gitter wird aufgeschoben, bei der Entlastung ächzt der kleine Lift erneut. Rosenstein schiebt die Gittertür wieder zu und schlurft zu der großen, ebenfalls vergitterten Milchglastür seines Musikverlags. Nalle hört den Schlüssel im Schloss drehen, kurz darauf fällt die schwere Tür zu.

Es ist wieder totenstill im Haus, nur die S-Bahn kreischt in der Ferne bei ihrem Halt im Dammtorbahnhof. Amseln singen im Garten, und die Sonne scheint Nalle ins Gesicht. Verpennt dreht er sich um und zieht die Decke über die Ohren. Aber so sehr er sich bemüht, Nalle findet nicht wieder in den Schlaf. Die ganze Nacht hat ihn dieser Albtraum verfolgt. Kurt behandelt ihn wie einen kleinen Sextaner! Er musste sich das alles anhören und konnte nicht antworten, keinen Laut brachte er über die Lippen.

Heißt man heute Nalle und Lönne und Bo oder so? Was fällt diesem Kurt eigentlich ein? Hat Nalle sich den Scheiß mit diesen Namen ausgedacht? Seine Mutter hatte ihm oft erzählt, dass sie sich einmal in einem glühend heißen Sommer auf Hanö, einer Insel in den südschwedischen Schären, Hals über Kopf in einen lustigen Fischer verknallt hatte. Es war Liebe auf den ersten Blick. Sie kennt nur seinen Vornamen Lönne Bo – und seinen Kosenamen Nalle, das schwedische Wort für Teddy. Als sie nach dem Urlaub merkte, dass sie schwanger war, war sie sich sicher, dass sie das Kind unbedingt haben und allein großziehen wollte. Es sollte ein blonder Junge werden, und er sollte heißen wie der Vater: Lönne Bo Nalle.

Rebecca hatte nicht mit dem miesepeterigen Standesbeamten Veit de Vries in Hamburg gerechnet. „So können Sie Ihr Kind nicht nennen: Es muss ja nicht unbedingt einen deutschen Vornamen erhalten, aber man soll das Geschlecht am Namen schon erkennen können! Warum nennen Sie es nicht Eric, Leif oder Knut?"

Seither heißt Lönne Bo zu allem Überfluss auch noch Veit. Seine Mutter nennt ihn aber nur Nalle. Er findet alle seine Vornamen bescheuert und arbeitet seit seinem Wechsel ans Wilhelm-Gymnasium daran, Steve genannt zu werden.

Nalle hat die Gelegenheit am Freitag, den 8. Mai 2015, genutzt, seinen sechzehnten Geburtstag nachzufeiern, als seine Mutter wieder mal auf Dienstreise musste, diesmal zu einer offiziellen Gedenkfeier nach Gdansk, der alten Hansestadt Danzig in Polen. Er hatte eigentlich nur seine Clique eingeladen, aber Kofis Halbschwester durfte nicht kommen, weil ihre Mutter sie noch zu jung für so eine Feier ohne Eltern fand. Nalle hat sich ein wenig verguckt in Judith. Sie ist nicht ganz so dunkelhäutig wie Kofi, aber hat so geschmeidig fließende Bewegungen wie ihre Mutter – und vor allem ihr Strahlen ist unwiderstehlich: Nalle liebt es, sie zum Lachen zu bringen!

Außer seinen engen Freunden waren auch noch ein paar andere Schüler aus dem Wilhelm-Gymnasium gekommen, die Wind davon bekommen hatten, dass bei Nalle sturmfreie Bude war.

Die Party war schon nach kurzer Zeit aus dem Ruder gelaufen. Houchang hat es gut, der säuft ja nicht und hat sich trotzdem amüsiert. Aber als Nalle wieder bei der etwas spröden Caro abgeblitzt war, die eigentlich eher als guter Kumpel taugt, hatte er ziemlich zügig zwei Bier reingeschüttet. Und als ihm dann noch jemand – war es Danny oder der arrogante Phil, der nun in Judiths Klasse rumhängt, obwohl er auch bald sechzehn wird und den er sowieso zum Kotzen findet? – auch noch ein paar winzige Fläschchen mit bunten Schnäpsen eingeholfen hatte, war Nalle stramm.

Wie genau es zu Ende gegangen war, erinnert er nicht mehr. Jedenfalls hatte irgendwann der alte Rosenstein an die Wohnungstür gehämmert und mit der Polizei gedroht. Das war eigentlich überflüssig, denn die stand sowieso schon den ganzen Abend vor dem Haus, um die kleine Gruppe mit Friedenstauben und Davidsternen auf ihren Plakaten abzuschirmen, die sich dort als Mahnwache versammelt hatte. Ab und zu riefen die Demonstranten: „Nie wieder Krieg!", „Nazis raus!", „Asyl ist Menschenrecht!" und „Abschiebung ist Mord!" und anderes. In der Dämmerung entzündeten sie Kerzen und Grablichter.

Nalle war im Bett Karussell gefahren, bis er alles vollgereihert hatte. Dann war erst mal wattige Ruhe eingekehrt. Am Samstagmittag wachte er von dem Gestank um sich herum auf. Am liebsten hätte er gleich wieder gekotzt. Ein Glück, dass Rebecca in Danzig war! Nalle konzentrierte sich darauf, das Bettzeug möglichst so abzuziehen, dass nichts auf die Matratze oder den Teppich kleckerte. Dann packte er alles in einen blauen Sack und öffnete vorsichtig die Haustür. Er schlich die uralte spindelige Eichentreppe, die mit fächerförmigen Bohlen in den Keller führte, hinunter, öffnete die eiserne Kellertür mit ihren beiden Drehhebeln und stieg über den Süll in die fensterlose ehemalige Druckerei. Dort standen die Waschmaschine und der Trockner der Hausgemeinschaft neben all den alten Notendruckmaschinen des Musikverlags. Außer dem Frisör im Erdgeschoss und gelegentlich den Sekretärinnen des Notars nutzte nur Rebecca die Maschinen. Wo der alte Rosenstein mit seiner Wäsche blieb, war Nalle egal.

Er füllte die Wäsche in die Maschine, gab ordentlich Waschpulver hinein, aktivierte den Alarm und startete das Kurzprogramm. Das würde ja wohl nicht lange dauern, hatte er angenommen, die Viertelstunde könnte er abwarten!

Während es in der Maschine heftig schäumte, die Trommel sich mal links, mal rechts herum wälzte und die Wäsche träge hin- und herwarf, trommelte Nalle ungeduldig mit den Fingern auf der Waschmaschine herum: „Mach schon zu, du blöde Kiste: Kurz ist kurz, verdammt noch mal!"

Aber das Programm ließ sich nicht beschleunigen, und die Tür aufmachen wollte dieser idiotische Vollautomat auch nicht mehr!

Nalle sah sich in dem niedrigen Keller um. Die Wände waren aus Feldsteinen gemauert und meterdick. Rebecca hatte erzählt, dass die Jugendstilvilla auf dem Fundament eines sefardischen Palazzo errichtet worden war. Während der Inquisition in Spanien und Portugal waren zu Kolumbus' Zeiten viele reiche Juden nach Hamburg geflohen. In der Hansestadt hatten sie bald große Häuser gebaut und von hier aus ihren Überseehandel fortgesetzt. Allein die Treppe mit dem schwarzen Eichenpfahl stammt noch aus dem sechzehnten Jahrhundert.

War ja klar, dass die Druckmaschinen nach dem Umbau des Kellers zum Luftschutzraum mit Türschleuse nicht mehr rausgeschmissen werden konnten. Sie waren völlig überflüssig, seit die Druckvorlagen im Laserverfahren hergestellt oder noch einfacher die Partituren im Desktop Publishing direkt gesetzt und ausgedruckt werden konnten.

Jedenfalls steht dieses Industriemuseum hier unten nutzlos herum. Während Nalle auf die letzten Spülungen seiner Wäsche wartete, um sie gleich in den Trockner zu verfrachten, inspizierte er gefühlt zum hundertsten Mal alle Schränke und Fächer der Druckerei. Irgendwie fiel ihm auf, dass das Emailleschild, das an der Wand fern von jeder Kundschaft für Bechstein-Klaviere warb, etwas vorbeulte. Er zupfte leicht an einer Ecke des Bleches, das prompt mit Geschepper von der Wand fiel. Nalle staunte nicht schlecht, als er in dem kleinen Erker hinter dem Schild einen staubigen Lederkoffer entdeckte. Im Stillen hoffte er auf einen großen Schatz, als er ihn vorsichtig öffnete. Das rechte Schnappschloss sprang sofort auf, das linke klemmte ziemlich stark. Nach einigem kräftigen Geruckel gab es endlich auch nach.

Aber er fand nur alte Wollstrümpfe, eine abgeschabte zweireihige Jacke mit einem großen gelben Stern auf der linken Brust – Kleidung, die ihm zu klein wäre. Außerdem etwas Unterwäsche, ein paar mürbe Bücher und mehrere schmale Packen Formulare. Noch tiefer lagen einige leere Reisepässe, verschiedene runde Stempel mit Adlern, die jeweils ein kleines Hakenkreuz umkrallten, schließlich drei postkartengroße Ausweise mit einem aufgestempelten großen gelben J und am rechten Rand ein vorgezeichnetes Feld für zwei Fingerabdrücke. Auf den Passfotos waren ein Mädchen, ein Junge und ein Mann zu sehen. Alle trugen den Nachnamen Asser, alle hatten ihre Fingerabdrücke aufgestempelt.

Ihm fiel wieder ein, dass bei seiner Party die Polizisten vor dem Haus erst in der Dämmerung angerückt waren, nachdem Rocker aufgetaucht waren und die Demonstranten bedroht hatten. Es war zu Handgreiflichkeiten gekommen, und einige Plakate mit weißen Tauben und gelben Sternen lagen zertreten auf der Moorweide herum. Nalle hatte sogar bei einem zufälligen Blick aus dem Fenster gesehen, wie Phil einen der Rocker mit einem Gangsta-Check begrüßt hatte, bevor er im Hauseingang verschwand.

Nalle legte alles zurück und schloss den Koffer. Als er ihn wieder in die Nische schieben und das Blech darüber befestigen wollte, merkte er, dass das verbeulte Schild das Versteck nicht mehr decken würde. Er nahm den Koffer wieder heraus und steckte das Schild vorsichtig mit seinen Löchern auf die rostigen Nägel. Unschlüssig betrachtete er seinen Fund.

Die Waschmaschine summte. Nalle lud die Wäsche um und startete den Trockner. Noch einmal 40 Minuten! Er kratzte sich am Kopf, hob den blauen Sack auf und roch daran. Er stank kaum und war nicht schmutzig geworden. Also stopfte Nalle den Koffer in den blauen Sack und stieg zu seiner Wohnung hinauf.

Dort räumte er zwei Stunden lang auf und warf alles in blaue Säcke, was nicht zur Wohnung gehörte. Heimlich schaffte er die Säcke hinunter, drückte sie in die Mülltonnen vor dem Haus und nahm die Wäsche aus dem Trockner. Er trank mindestens zwei Flaschen Sprudel, dann saugte er gründlich die ganze Wohnung und legte sich noch einmal ins frischgemachte Bett.

Erst am Abend fühlte Nalle sich wieder fit genug, den Koffer noch einmal zu untersuchen. Jetzt fand er im Futter noch ein schmales Heft mit Tagebucheintragungen. Es waren Kurts Aufzeichnungen über die letzten Jahre bis zu seiner Verhaftung, seiner befohlenen Verschleppung, seinem spurlosen Verschwinden.

Nalle öffnet mühsam die Augen. Es hat keinen Sinn, länger liegen zu bleiben. Wenn Rebecca wiederkommt, muss er sie zu dem Koffer befragen. Seine Mutter ist zwar im Staatsarchiv als Spezialistin für mittelalterliche Urkunden zuständig, aber zu diesen Dokumenten im Koffer muss sie auch was wissen! Auf Rosensteins Messingschild in der Eingangshalle steht doch ‚Herzberg, Fink und Rosenstein Musikverlag'. Was hatte also Kurt damit zu tun, und wieso erwähnt Kurt Nalles Familie Levy in seinem Tagebuch? Er hebt die Kladde vom Fußboden neben seinem Bett auf und blättert weiter. Die Schrift ist schwer zu lesen, aber einige Wörter erkennt er sofort: Altona, Salomon, Bornplatz-Synagoge, Gestapo. Er konzentriert sich auf die einzelnen Buchstaben. Je länger er liest, desto flüssiger wird der Text – er ist trotzdem schwer verdaulich.

Nalle seufzt, gähnt anhaltend und legt das Heft vorsichtig auf den kleinen Tisch neben seinem Bett.

Er pellt sich aus der frisch duftenden Bettdecke, steht auf und reckt sich. Nalle blickt auf den Park vor dem Haus, durch das zarte Grün der großen Bäume schimmert die Glaskuppel des Dammtorbahnhofes in der Sonne. Langsam geht er nackt durch den Flur zum Bad. Vor dem Flurspiegel bleibt er stehen und betrachtet seinen Körper. *Bist du mit deinem Aussehen rundum zufrieden?* Er weiß gar nicht, was Kurt hat: Nalle hat vielleicht ein etwas kindliches, aber kein entstelltes Gesicht. Gut, ein paar weniger Sommersprossen wären schön, und die vielen blonden Locken wären auch nicht nötig gewesen. Der helle Flaum an seinen Armen und Beinen leuchtet golden im Gegenlicht. Er spannt den Bizeps an und ist zufrieden. Okay, Kofis Bizeps sind eindrucksvoller, wenn er beim Breakdance seine Moves, vor allem den Headspin, macht – dafür hat er fast keine Körperbehaarung. Und Houchang hat kaum Muskeln, ist aber sehr sehnig und hat fast überall Haare. Schon seit der 7. Klasse wächst ihm ein Bart, den er alle paar Tage rasieren muss.

Immerhin hat Nalle ein ganz ordentliches Sixpack, und seinen Beinen sieht man den vielen Sport, den er macht, auch an: Als Fahrradkurier ist er schon länger beschäftigt, aber Crossrunning ist ihm und seinen Freunden Kofi und Houchang zur Leidenschaft geworden: Sie tüfteln an immer neuen Kombinationen aus Freerunning mit akrobatischen Einlagen, Geocaching und städtischem Crosslauf herum.

Heute Mittag wollen sie sich treffen, um den neuen Parcours für die kommende Woche festzulegen – Houchang hat sehr geheimnisvoll getan, als er einen ganz abgefahrenen Wettlauf in Aussicht stellte: „Hamburg City Cross Competition, down and up" – wo bitte soll das denn sein?

Nalle streift seine Vorhaut zurück. So sah Kurt sicher aus, und so sehen Houchang und seine Brüder aus, wenn sie nach dem Schwimmen zusammen mit Nalle duschen – Kofis bestes Stück aber nicht. Als er an Judiths seidige Haut denkt, versteift sich sein Penis. Langsam schlendert Nalle zum Bad und steigt unter die Dusche. Er fingert noch ein wenig an sich herum, dann entspannt er sich, seift sich von Kopf bis Fuß ein und bleibt lange unter dem warmen Strahl stehen. Gut, dass Rebecca nicht da ist und sich über die Wasserverschwendung aufregen kann! Letzten Sonntag, als Nalle nach dem Duschen eine neue Frisur ausprobierte, hat sie an die Badezimmertür geklopft und entnervt gefragt: „Duscht du immer noch oder wohnst du jetzt im Bad? Das Frühstück ist fertig!"

Nalle trocknet sich ab und streicht prüfend über das Kinn. Er betrachtet die wenigen hellen Haare an der Kinnspitze: „Einzelschicksale, aber keine Spur von Bart!" hatte Phil geätzt, der auch noch nicht viel mehr zu bieten hat...

Zu gern würde Nalle endlich einen Grund haben, sich zu rasieren – aber da ist wirklich noch nichts. Er beneidet den kleinen Houchang mit seinem kräftigen Bartwuchs. Es tröstet ihn, dass auch an Kofis breitem Kinn noch gar nichts sprießt und es nicht so aussieht, als wollte da überhaupt jemals ein Bart wachsen.

Nalle nimmt sich vor, mit Kofi und Houchang über den Koffer zu reden, wenn sie den Parcours geklärt haben. Er checkt seine Nachrichten auf dem Smartphone – kein Auftrag vom Kurierdienst VeloSpin – und ruft die Wettervorhersage auf: „Sonnig, maximal 20 Grad, leichter Wind aus West."
　Jetzt will er erst einmal zur Kurierzentrale und ein wenig Smalltalk machen, um seine Auftragslage zu verbessern.
　Nalle zieht sich an, dann schiebt er sich ein Erdnussbutterbrot rein und trinkt eine Tasse Kaffee mit einem Löffel Kakao. Während er seine Zähne putzt, betrachtet er prüfend seine Frisur im Spiegelbild. Heute kein Haargel, weil er mit Helm fahren will. Nalle steckt die Schlüssel ein, nimmt den Helm vom Haken und öffnet die Wohnungstür.
　Fast gleichzeitig öffnet sich auf der gegenüberliegenden Seite die Eingangstür der Anwaltskanzlei, und Dr. Eckmann-Scholz tritt wie aus dem Ei gepellt ins Treppenhaus. „Hi!" – „Hallo, Lönne!" Der Anwalt zögert einen Augenblick, dann setzt er hinzu: „Sag mal, machst du nur Fahrten für VeloSpin, oder kann man dich auch mal privat beauftragen?"
　„Ne, ich kann auch so mal fahren: Pro Kilometer 90 Cent, bei mehr als 10 Kilometer 1 Euro, pro Anfahrt oder Zwischenstopp 2,20 Euro!" – „Na ja, immerhin eine klare Preispolitik", zwinkert der Anwalt freundlich.
　Nalle grüßt nochmals, flitzt die Kellerspindel hinunter und geht den engen Gang bis zur Gartentür. Dort lehnt sein Sportrad neben dem Longboard an der Wand. Er öffnet die Tür, trägt das Rad hinaus, schließt die Tür wieder ab und fährt ums Haus herum zur Straße. Die Gartennutzung hat sich der alte Rosenstein selbst vorbehalten, obwohl er eine riesige Dachterrasse hat und nie im Garten sitzt. Im

Sommer kommt wöchentlich ein Gärtner, um den Rasen zu mähen, sonst passiert nichts hier hinter dem Haus. Nalle linst durch die Scheiben in das Frisörgeschäft am Haupteingang, aber dort ist am Sonntag niemand zu sehen. Er tritt kräftig in die Pedale und ist kurz darauf am Dammtorbahnhof.

„Hi, Steve!" begrüßt ihn Dirk, als er in das winzige Ladenbüro der Firma VeloSpin tritt. Dirk blättert in einem abgegriffenen Radsportmagazin. Nalle nennt sich auch hier Steve. Er erkennt, dass im Moment kein Kurier gebraucht wird. Sicherheitshalber erklärt er Dirk, dass er heute nichts Besonderes vorhat und gern bereit ist, sollte sich kurzfristig eine Tour ergeben. Dann geht Steve die wenigen Schritte hinüber zur Pizzeria ‚Don Giovanni'. Auch hier ist noch nichts los. Houchang hat ihn schon gesehen und unterbricht sein Tischdecken. „Hi, Steve, Kofi ist auch schon im Anrollen." Beide sehen durch die großen Fenster hinaus, wo ihr Freund gerade vom Rad steigt. Als Kofi eingetreten ist, nimmt Houchang seine Kellnerschürze ab und ruft in die Küche: „Wir hauen jetzt ab!"

Kurz sieht eine schlanke Frau mit schwarzen Haaren durch den Türspalt und winkt ihnen zu: „Viel Spaß und macht kein dummes Zeug!" – „Sicher nicht!" lacht Houchang und winkt seiner Mutter zurück.

Die drei radeln durch die Wallanlagen zur Elbe hinunter. „Nun mach's nicht so spannend!" sagt Kofi, „Was ist das denn für ein Parcours?" – „Von Stintfang nach Steinwerder." – Steve stutzt, fischt im Fahren sein Smartphone aus der Schenkeltasche und knetet mit dem Daumen das Navi-Programm durch. „Sag mal, das sind satte 11,7 Kilometer Straße, ist das nicht etwas weit für einen Lauf?"

Houchang antwortet nicht, und die beiden Freunde folgen ihm kopfschüttelnd. Als sie die Terrasse der Jugendherberge am Stintfang erreicht haben, schieben sie ihre Räder zusammen und schließen sie und die Helme mit Steves formidablem Stahlschloss, das sich wie ein Zollstock auseinanderklappen lässt, zusammen. Die drei Freunde blicken hinunter zu den Landungsbrücken und über die vielen Barkassen auf den trüben breiten Fluss.

„Also noch mal langsam: du willst von hier aus auf die Elbinsel Steinwerder laufen?" – „Ja aber auf dem kürzesten Weg – und ohne Hilfsmittel! Vergiss dein Navi, Luftlinie ist das kein Kilometer."

Kofi nickt: „Also kein Schiff, kein U-Boot, kein Flugzeug, verstehe…"

Steve folgt Houchangs Blick über die Elbe und lacht: „Down and up – du willst durch den Alten Elbtunnel!" – „Jepp, und zwar ohne Fahrstuhl: 24 Meter runter, 450 Meter Röhre und 24 Meter rauf, von Eingang zu Eingang ziemlich genau 500 Meter…"

„Alter Verwalter, wenn du auf der engen Treppe auf die Fresse fliegst, machst du aber einen langen Abgang!" Kofi kratzt sich bedenklich das kurze Kraushaar. Auch Steve graut etwas vor der Vorstellung, als sie gemeinsam hinunter in den Eingang des Kuppelbaus gehen und auf die Tunnelsohle blicken. „Du kannst ja auch einfach von oben ins Fangnetz springen, dann bist du noch schneller!" grinst Houchang.

Die Jungen laufen probeweise einige der geschwungenen Treppen in unterschiedlichem Tempo und Stufensprüngen hinunter. „Drei Stufen gehen am besten", beschließt Kofi für sich. Sie flitzen gemeinsam durch die enge Röhre vorbei an den vielen hellgrün glasierten Wandreliefs von Amphibien, Fischen und Seetieren bis zum Treppenhaus an der Südseite. Hier testen sie beim Aufstieg die Stufenabstände und entscheiden sich für Doppelstufen. Dann rasen sie wieder zurück zur Nordseite und sind völlig aus der Puste, als sie wieder bei ihren Rädern ankommen. „Na, da hast du dir ja echt mal was einfallen lassen" keucht Kofi. In seinem fast schwarzen Gesicht blitzen die Zähne und die Augen sind nur noch Schlitze.

„Wie bist du darauf gekommen?" – „Habe Pizza an die Wachleute liefern müssen, da habe ich die vielen Treppen gesehen und gewusst: das ist es!"

Jetzt kratzt Steve seine blonden Locken und fragt: „Wann wollen wir es machen und wie viele Teilnehmer sollen wir zulassen?" – „Also bitte keinen Flash-Mob! Zu viele gehen nicht, weil dann das Gedränge zu groß wird und die Tunnelaufsicht Theater machen wird. Ich habe am Freitagnachmittag vor Pfingsten frei im ‚Don Giovanni'." – „Dann ist es vielleicht noch nicht so voll im Elbtunnel wie an den Pfingsttagen. Also Start am Freitag in einer Woche, 15 Uhr am Nordeingang. Außerdem brauchen wir doch nur drei Minuten für die Competition; bis die Schnarchnasen mit ihren Überwachungsmonitoren das schnallen, sind wir längst in Steinwerder wieder raus..."

Sie fahren denselben Weg zurück, den sie gekommen sind. Vor ‚Don Giovanni' zögert Steve ein wenig. „Was is', Alter?" fragt Houchang. Er merkt immer zuerst, wenn einer der Freunde Kummer hat. Houchang lädt sie zu einem Stück Handpizza ein.

Sein ältester Bruder Mirhat arbeitet in der Küche. Die kurdische Familie lebte im Iran, der Vater hatte sich gegen die Errichtung eines schiitischen Gottesstaates gewandt und der politischen Opposition angeschlossen. Er und seine Freunde wollten einen politischen Rechtsstaat mit zeitgemäßem Islam in einem Persien erreichen, in dem über Auslegungen des Korans ernsthaft diskutiert werden dürfte. Der Iran wurde zunehmend wegen seiner militanten Politik und der ‚Fatwa' gegen Salman Rushdi international isoliert und wirtschaftlich boykottiert. Der Boykott betraf aber nicht nur den Öl- und Waffenhandel, sondern erstreckte sich auch auf medizinische Produkte wie Impfstoffe oder Medikamente. So musste die Familie Asfaram der Ertaubung ihres ersten Kindes hilflos zusehen: Nach einer Mumpsinfektion im Kleinkindalter verlor Mirhat fast vollständig sein Gehör und hat nie so recht sprechen gelernt – weder persisch noch kurdisch noch deutsch.

Das war das letzte Tröpfchen, das das Fass zum Überlaufen brachte und weshalb die Familie sich unter Lebensgefahr zur Flucht entschloss.

Den Asfarams war erst nach Jahren in Deutschland die Einbürgerung gelungen – nun nannte man sie gestelzt ‚Mitbürger mit Migrationshintergrund', was Phil spöttisch zu ‚Mimimis' verkürzte.

Als die Asfarams feststellen mussten, dass es in Deutschland kein Interesse an persischen oder kurdischen Spezialitäten gab und Deutsche Ausländer je nach Aussehen für Türken, Italiener, Polen, Chinesen oder Afrikaner hielten, eröffneten die Eltern Asfaram einfach einen kleinen italienischen Pizzabäcker-Kiosk vor dem Dammtorbahnhof. Die Familie erweiterte ihre Sprachkenntnisse um einige Brocken Italienisch und Englisch.

Nach Renovierung des Bahnhofs stand die heruntergekommene ‚Altdeutsche Bauernstube' vor dem Ruin. Familie Asfaram übernahm die verlotterte Kneipe im Erdgeschoss des Bahnhofs und baute sie zu einer modernen, blitzblanken Pizzeria mit Außer-Haus-Lieferservice aus. Die beiden jüngeren Söhne, Hafiz und Houchang, erblickten erst sieben und neun Jahre nach Mirhat in Deutschland das Licht der Welt. Sie gingen in den deutschen Kindergarten und lernten drei Muttersprachen: Kurdisch, Persisch und Deutsch. Auch Mirhat hat sich in der neuen Heimat gut eingelebt. Er hat nicht nur die Gebärdensprache gelernt, sondern kann selbst Deutsch sehr gut von den Lippen ablesen.

Mirhat ist nach der Gehörlosenschule in einer kleinen Autowerkstatt untergekommen und arbeitet dort schon lange als „Schrauber". Er hat keine feste Freundin, aber einen Oldtimer, den er liebevoll restauriert hat. Für seine große Liebe hat er sich sogar durch die Führerscheinprüfung gequält. Nun darf er – unter mehreren Auflagen wie zusätzliche Spiegel am Wagen – sogar mit seinem „Caddy" fahren. Allerdings ist es Mirhat immer sehr unheimlich mit dem guten Stück im Stadtverkehr. Der Cadillac Fleetwood war inzwischen so ansehnlich geworden, dass er für besondere Anlässe wie Hochzeitsfahrten gebucht wurde oder auch als Requisite in Filmen und sogar schon bei den „Orientalischen Nächten", den „Romantischen Nächten" und verschiedenen anderen Themen-Nächten im Städtischen Tierpark eingesetzt wurde.

Außerdem arbeitet Mirhat gelegentlich als Haustechniker, Gärtner und Hilfe fürs Grobe in der Residenz, einem kleinen aber sehr gediegenen Hotel, in dem vor allem prominente Künstler gern absteigen, wenn sie etwas Ruhe suchen oder inkognito die Hansestadt besuchen wollen. Wenn auf seinem Handy eine SMS aus der Residenz blinkt, ist er innerhalb weniger Minuten zur Stelle. Mirhat registriert bei seinen Einsätzen genau, ob Nazamin gerade Dienst hat.

Einmal hatte Mirhat dort dem unglaublich nervösen Tourenmanager für die Herbert-Grönemeyer-Konzerte des NDR, Harald Schultheiß, eine Nachttischlampe in der Suite ausgewechselt. Als Schultheiß sich bei ihm bedanken wollte, stellte er fest, dass Mirhat taub ist. Der Manager stutzte etwas, dann griff er freundlich lächelnd in seine Westentasche und zog mit einigen Münzen einen Stick mit dem Mitschnitt eines Grönemeyer-Konzerts hervor. Er schrieb auf einen Hotel-Briefbogen „Mach mal lauter!" und reichte alles dem verdutzten Handwerker.

Als am Abend die letzten Gäste ‚Don Giovanni' verlassen hatten und die Familie das Restaurant aufräumte, schob Mirhat den Stick in die Musikanlage und drehte sie bis zum Anschlag auf. Seiner Mutter fiel vor Schreck ein Stapel Teller aus der Hand. Ihr Ältester horchte angestrengt, und ganz langsam kamen die Vibrationen der Bässe bei ihm an.

Die Familie starrte Mirhat entgeistert an, als er begann, sich im Rhythmus zu bewegen. Houchang war der erste, der sich zwei große Topfdeckel griff und sie im Takt zusammenschlug. Mirhat strahlte ihn an. Er griff sich eine Ketchup-Flasche wie ein Mikrofon und imitierte Grönemeyers Tanzschritte. Er röhrte in sein Mikro und dirigierte seinen kleinen Bruder mit der anderen Hand. Da nahmen sich auch der mittlere Bruder Hafiz und die Eltern alle möglichen Töpfe und Löffel und was sich sonst zum Krachmachen eignete, und die Musiker marschierten hinter Mirhat in einer Polonäse durch das Lokal. Es wurde ein unvergesslicher Abend, als Mirhat die Musik entdeckte!

Mirhat kommt gut mit seiner Behinderung klar. Im Lärm der voll besetzten Pizzeria ist es manchmal sogar von Vorteil, wenn die Familie über Gebärdensprache miteinander kommuniziert – und Mirhat findet das sowieso am besten. Manchmal macht er sich den Spaß und bringt den Gästen, die sich gegenseitig ausgetauscht haben, welche Gerichte sie bestellen wollen, schon einmal das Gewünschte, bevor sie bestellen können. Das Erstaunen ist immer sehr groß, und viele glauben, dass er Gedanken lesen könne.

Mirhats jüngere Brüder lieben ihn und versuchen, seine Behinderung so gut es geht auszugleichen. Die drei Brüder sind unzertrennlich. Mirhat kommt aus der Küche und umarmt Houchangs Freunde. Auch er ist ganz der Meinung, dass jetzt erst einmal was gegessen werden muss. Sie setzen sich zu viert an den kleinen Tisch neben dem Eingang, auf dem immer der Ständer ‚Stammtisch' steht, aber Familientisch meint. „Is' was wegen der Party nicht okay, was kaputt gegangen?" – „Doch, nein, alles gut. Aber ich muss euch mal was zeigen bei mir zuhause."

Houchang erklärt Mirhat, dass sie noch einmal in die Moorweide 18 fahren wollen, und Mirhat verabschiedet sich von ihnen mit kräftigem High Five.

Steve bringt schnell sein Fahrrad in den Keller, dann öffnet er den Freunden die Haustür. Als sie in der Wohnung sind, holt er den Koffer aus seinem Zimmer und legt ihn auf den Wohnzimmertisch. Houchang und Kofi staunen nicht schlecht: „Woher hast du denn die Altkleidersammlung?" fragt Kofi, und Houchang nimmt ungefragt die zweireihige Jacke aus dem Koffer. Er probiert sie an und knöpft sie zu. Die Jacke ist nur ein wenig eng. Auf seiner Brust prangt ein gelber Stern. Steve erklärt in einigen Worten, wie er den Koffer gefunden hat und was er bisher in der Kladde gelesen hat. Kurts schmales Heft liegt noch auf seinem Nachttisch, und da will Steve es auch liegen lassen.

„Ey, Alter, der Kurt und ihr seid verwandt?" fragt Kofi und deutet erst auf Steve und den siebenarmigen Leuchter hinter ihm, der schon auf der Anrichte im Wohnzimmer stand, als Steves Oma hier noch wohnte. Und dann, mit Blick auf Houchangs Stern lacht er:

„Das ist jetzt mal echt 'ne Nummer: Deutschland wird bunt – ein blonder Jude, ein als Jude verkleideter Muslim und ein schwarzer Christ..." – „Hallo? Wie kommst du darauf, dass ich Jude bin?" – „Ey, was soll das heißen, dass ich mich als Jude verkleide?" Kofi kriegt sich gar nicht mehr ein über seine beiden entrüsteten Freunde und stichelt kichernd weiter: „Ich sag mal: drei Wege zu einem Gott, das wird ja wohl reichen!"

Houchang legt wütend die Jacke in den Koffer zurück und Steve schließt den Deckel mit Nachdruck. „Kannst du jetzt mal was Sinnvolles beitragen, Kofi?"

„Okay, war ja nur sehr witzig, eure dummen Gesichter zu sehen!" Kofi prustet von Neuem los, bis die beiden anderen ihn gleichzeitig in die Rippen puffen. Er kann sich kaum noch auf den Beinen halten vor Lachen und imitiert mit rollendem „Rrr" japsend einen bekannten Fernsehpfarrer: „Meine Damen und Herren, in unserer Reihe ‚Glaubenskriege' erleben Sie heute das ‚Goldene Zeitalter' – die Christen werden verkloppt!"

Als bei dem Gebalge fast die Menora von der Anrichte fällt, beruhigen sich alle wieder und Kofi wird sachlich. „Also gut: Wo hast du das Zeug gefunden?" Steve erklärt es noch einmal genauer, ohne auf die Kotzwäsche näher einzugehen, und die drei machen eine Lokalbesichtigung im Keller. „Coole Location, Steve, vielleicht machen wir die nächste Party lieber hier unten ..."

Houchang inspiziert die Nische hinter dem Bechstein-Schild eingehend und tastet sie aus. „Guckt mal, was hier noch liegt!" Triumphierend hält er eine zugestaubte Metallplatte in die Höhe. Steve und Kofi kommen näher, Houchang wischt die Platte mit seinem Ärmel ab. Die Oberfläche lässt einen Text ahnen. „Erst einmal Spiegelschrift" – „und dann noch ein saublöder Schrifttyp." – „Nicht verzagen, Houchang fragen: Hast du Senf oder Ketchup oben?"

Klar hat Steve das. Als sie in der Wohnung ankommen, hat Kofi eine Idee: „Halt mal, gib mal her!" Er hält die Blechplatte vor die Brust und tritt vor den großen Spiegel im Flur. Neugierig drängen sich Houchang und Steve an Kofis Spiegelbild. Steve muss einen Moment lang an den Morgen denken, als er hier allein stand und wird kurz rot. Aber die anderen bemerken es nicht. So sehr sie sich auch bemühen, erkennen sie nur einzelne Buchstaben in dem langen Wort, das die Überschrift bildet.

Steve wäscht die Platte im Spülbecken ab und schrubbt mit einem Topfschwamm die gröbsten Krusten von der angelaufenen Oberfläche. Die Textgravur wird jetzt besser sichtbar, bleibt aber unleserlich. Houchang verreibt etwas Senf, dann Ketchup auf dem Blech. Steve holt ein Blatt Papier aus Rebeccas Drucker und legt es auf die präparierte Platte. Der Abdruck lässt schon weitere Buchstaben erahnen, aber ist noch zu verschmiert, um Worte zu entziffern. Schließlich wäscht Steve die Platte noch einmal im Spülbecken, lässt das Schmutzwasser ablaufen und trocknet die Druckvorlage sorgfältig ab. Er öffnet eine Dose Tomatenmark und reibt es mit einem

Eierlöffelstiel in die Vertiefungen der Oberfläche. Steve zieht die Klinge eines langen Fleischermessers flach über die Platte. Die leere Dose wirft er in den Mülleimer und das Messer mit dem überschüssigen Mark legt er in die Spüle. Mit einem feuchten Küchenpapier wischt er die letzten roten Spuren von der jetzt matt schimmernden Druckvorlage, auf der endlich die Spiegelschrift gut erkennbar ist. Dann legt er ein neues Blatt Kopierpapier auf die Buchstaben und drückt es sanft mit dem Handballen an. Als er das Blatt vorsichtig abhebt, strahlt er: „Bingo! Hiermit endet unser Crash-Kurs ‚Wie drucke ich mein Zeugnis selbst!'"

„Hey, das war aber meine Idee!" mault Houchang. Steve kann es nicht lassen und ärgert seinen Freund: „Gute Idee, aber es kommt auf das Knowhow bei der Technik an!"

„Als wenn du schon mal gedruckt hättest! Nun leg das Papier schon auf den Tisch."

Steve legt das feuchte Blatt vorsichtig auf ein Geschirrtuch, das er auf dem Küchentisch ausgebreitet hat, und die Jungen beugen sich darüber wie über eine Schatzkarte. Sie entziffern die Überschrift:

Auswanderungsgenehmigung

Diese Genehmigung gilt befristet bis zum _____
Mit Antritt der beantragten Auswanderung übernimmt die Verantwortung und sämtliche Kosten für das Kind

_____

das Refugee Children's Movement mit Sitz und Gerichtsstand London (England).
Die Auswanderungsabgabe von ____ Deutsche Reichsmark wurde bei der Auswanderungsbehörde eingezahlt am _____
Für die Auswanderungsbehörde des Deutschen Reiches:

Dienstsiegel der Behörde, Unterschrift

„Zeig noch mal die runden Stempel aus dem Koffer!" Steve holt einen der Gummistempel, und Houchang färbt ihn mit einem Klecks Tomatenmark aus der Spüle. Er leckt seine Fingerkuppen ab und ruft mit der gespielten Begeisterung eines Werbeclips: „Nie gab es ein besseres Mark als dieses – dazu noch so farbecht!"

Houchang drückt die Fingerkuppen auf den rechten Rand des Blattes, dann stempelt er das Siegel in den vorgepunkteten Kreis am unteren Rand des Formulars. Die drei studieren ihr Werk, das Siegel passt genau. Sie rätseln, was das für ein seltsames Dokument ist. Dann spricht Kofi bedächtig aus, was alle denken: „Steve, eins ist klar – dein Kurt ist ein Fälscher."

Steve säubert die Druckvorlage und schlägt sie in das Geschirrtuch ein. Er legt die Vorlage und die Stempel in den Koffer, verschließt ihn und schiebt ihn mit dem Abdruck unter sein Bett. „Jungs, ich muss jetzt meine Mutter abholen, die kommt um 17:05 Uhr am Dammtor an."

Die drei gehen schweigend durch den Park zum Bahnhof, dort verabschieden sie sich. Houchang verschwindet in der Pizzeria, Kofi schwingt sich auf sein Rad und Steve steigt die Treppen zum Bahnsteig hinauf.

Nachdenklich lehnt er sich an den Wagenstandsanzeiger. Auf Dienstreisen fährt Rebecca immer Erster Klasse, weil sie oft Urkunden oder andere wertvolle Antiquitäten aus ihrem Archiv transportieren muss. Privat sind die Levys noch nie in der Ersten Klasse gefahren. Die Lautsprecherdurchsage verkündet, dass der Zug 10 Minuten Verspätung haben wird. Steve ärgert sich etwas und fährt mit der Hand ungeduldig über den Hals. Dort fühlt er schon wieder einen neuen Pickel. Steve betastet ihn vorsichtig und beschließt, ihn nachher auszudrücken.

Eine bleigraue Taube segelt in trägem Gleitflug von einem schmutzigen Stahlträger herab und landet ohne Angst zwischen den eiligen Füßen der Reisenden. Sie legt den Kopf schräg und hackt unentschlossen einen zertretenen Zigarettenstummel zur Seite. Jetzt entdeckt sie einen matschigen Pommes-Streifen und pickt ihn auf. Nachdem sie sich versichert hat, dass sie keine Krümel liegenge- lassen hat, dreht sie ihren plumpen, matt schimmernden Körper nach rechts und stakst mit ihren zierlichen Beinen zielstrebig über die gesprenkelten Marmorfliesen des Bahnsteigs. Die Krallen des linken Beines sind verkrüppelt, weshalb sie leicht humpelt. Ihr ru- ckender Kopf treibt den rundlichen Körper ungeduldig voran. Als sie einem auf sie zusteuernden Kofferkuli ausweicht, gleiten ihre Zehen auf dem glatten Boden aus, und der fette Vogel macht einen unfreiwilligen Spagat. Die Taube entgeht den Rädern knapp, mar- schiert weiter und muss erneut den entschlossenen Schritten eines Geschäftsmannes ausweichen. Wieder glitscht sie auf dem Marmor aus, wieder rappelt sie sich hoch und vermeidet die Kollision.

Ein kleines Mädchen, das die ganze Zeit am Mantel seiner Mutter gezerrt und anhaltend gequengelt hat, erblickt das Tier in seiner Nähe. Das Kind hält inne, löst sich vom Mantel und stürzt auf die Taube zu. Unwillig flattert sie auf und lässt sich wenige Meter weiter entfernt nieder. Das Mädchen springt mit glänzenden Augen auf den Vogel zu. Das Tier erhebt sich nochmals und fliegt jetzt dicht am Gesicht eines Mannes vorbei, der gerade in eine Currywurst beißt. Erschrocken dreht er sich weg und verliert einige Pommes von seinem Papptablett. Die Taube umrundet ihn, landet hinter seinem Rücken und rutscht eilig auf die heruntergefallenen Kartoffelstreifen zu. Bevor das Mädchen sie wieder erreicht hat, fliegt die Taube endgültig auf und setzt sich mit ihrer Beute auf eine Bogenlampe. Endlich rauscht der Intercity in den Bahnhof. Die aggressiv ge- spitzte Schnauze mit ihren hellen Scheinwerfern kommt Steve gefähr- lich nahe, dann verlangsamt der Zug immer mehr, bis der Waggon der Ersten Klasse direkt neben Steve zum Stillstand kommt.

„Hallo, Nalle! Das ist wirklich lieb von dir, mich abzuholen!" Rebecca fliegt auf ihren Sohn zu und umarmt ihn fest. Der Pickel am Hals schmerzt bei der Umarmung, Nalle nimmt seiner Mutter den kleinen Rollkoffer ab, und die beiden gehen untergehakt die Treppen hinunter. Rebecca berichtet ausführlich von den Feierlichkeiten in Danzig, und Nalle hört ihr zu, ohne sie zu unterbrechen. Er will ihr erst vom Koffer erzählen, wenn sie in Ruhe Abendbrot essen.

Zuhause angekommen nimmt er Rebecca höflich den Mantel ab, hängt ihn an die Garderobe und verzieht sich ins Bad, um endlich den verdammten Pickel auszuquetschen. Mit einer spitzen Pinzette und einer Nähnadel rückt er ihm zuleibe. Rebecca geht in die Küche, um sich ein Glas Wasser einzuschenken. Da entdeckt sie im Spülbecken das scharfe Fleischermesser in einer blutroten Lache und schreit entsetzt auf: „Nalle, hast du dich verletzt?" – „Aua, jetzt ja!"

Scheißmontag

Ich halt's nicht aus mit dir: Kaum sag ich seinen Namen, guckst du schon wieder so kariert. Kein Mensch heißt heute Salomon in Deutschland, das weiß ich selbst. Aber wie heißen deine Opas denn? Siegfried oder Jürgen oder Günther oder Walter? Wie, du hast nur einen?! Und findest du den Namen von deinem Einzelopa etwa geiler?

Also, meiner hieß nun mal Salomon, wie der weise König. Eigentlich müsste ich sagen, dass Salomon mein Uropa ist. Wir haben aber nie „Uropa" gesagt, sondern „Opapa".

Und er war auch nicht so reich und mächtig wie der König Salomon. Aber ein kluger Mann war er schon.

Mein richtiger Opa, also Salomons Sohn, hieß Cäsar. Und bevor du in einen Lachkrampf ausbrichst, nimm schnell noch zur Kenntnis, dass Cäsars jüngster Bruder tatsächlich Julius hieß. Salomon hatte mit seiner Frau Rieke immerhin acht Kinder.

Die meisten Geschwister starben schon bei der Geburt oder noch im Kindesalter an Masern, Mumps oder Diphtherie. Das war in vielen Familien so, bevor man gegen die Kinderkrankheiten impfen konnte. Und die 1892 in Hamburg und Altona grassierende Cholera raffte noch eine junge Asser-Tochter dahin. So überlebten schließlich nur die drei Brüder Julius, Cäsar und Hermann.

Schon Salomons Vorfahren lebten in Hamburg – genauer, in Altona, das früher zu Dänemark gehörte. Das hatte seinen Grund, denn der dänische König bot der Familie ein dauerhaftes Bleiberecht. Dafür mussten die erwachsenen Familienmitglieder als dänische Bürger Steuern an den dänischen König zahlen. Die meisten von ihnen arbeiteten tagsüber in Hamburg und wohnten nur mit ihren Familien in Altona.

Das fand die Hamburger Regierung auch nicht so prall, weil sie gern selbst die Steuern eingenommen hätte. Aber erst, nachdem die Stadt Hamburg von den Franzosen eins auf Dach gekriegt und eine Lektion über die Gleichheit aller Menschen erhalten hatte, wurde unserer Familie Asser vom Hamburger Senat endlich erlaubt, dauerhaft nach Hamburg zu ziehen und sogar wie alle anderen Hamburger Grundbesitz zu erwerben.

Du fragst dich sicher, was das für ein Geeier um den Wohnsitz der Familie Asser war. Das lag daran, dass unsere Familie in den Augen der meisten Deutschen einen Geburtsfehler hatte. Schon der Name Asser weist sie als Angehörige eines der zwölf Stämme Israels aus. Ja, die Assers waren Juden, na und?

Wenn nun schon immer die Nachbarn – wie hoffentlich du gerade – mit den Schultern gezuckt hätten, wäre die Geschichte an dieser Stelle zu Ende: „... und wenn sie nicht gestorben sind, dann leben sie noch heute".

Vielleicht würdet ihr im Geschichts-Leistungskurs noch lernen, dass Generationen unserer politisch einflussreichen holländischen Verwandten – der Berühmteste war der Friedensnobelpreisträger von 1913, Tobias Michael Carel Asser – für die Menschenrechte und insbesondere für die Emanzipation ihrer Glaubensbrüder gekämpft haben, und der Fall wäre gegessen.

So einfach war das aber nicht. Es war noch nie einfach für Juden in Europa. Das kannst du schon in eurer Bibel nachlesen – im Alten Testament, versteht sich, genauer in den Fünf Büchern Mose. Das ist unsere Heilige Schrift.

Keine Angst, ich will jetzt nicht mit dir über die unterschiedlichen Religionen diskutieren. Da bin ich gar nicht firm genug – wir wohnten zwar in der Synagoge, weil wir arm waren, aber zu den Tora-Lesungen bin ich bestimmt nicht häufiger gegangen, als du in deiner Kirche warst. Du gehst wohl zu Weihnachten, vielleicht noch zu Ostern oder Pfingsten mal zum Gottesdienst; vielleicht warst du zuletzt zu deiner Kommunion oder Konfirmation da? Ach ne, du bist nicht mal konfirmiert? Woran glaubst du denn?

Wir haben den Schabath zuhause begangen, und die großen Festtage wie Chanukka, Pessach oder Jom Kippur haben wir mit der Gemeinde im Versammlungsraum der Bornplatz-Synagoge gefeiert. So, wir ihr Kommunion oder Konfirmation festlich begeht, haben wir eine feierliche Aufnahme von Jungen in die Gemeinde, die Bar Mizwa.

Meine Bar Mizwa war mir zeitlebens unvergesslich: Kurz vor der Feier wurde unsere Synagoge wie überall in Deutschland in der Nacht zum 10. November 1938 von den Nazis gestürmt. Die Tora-Rollen wurden zerfetzt und verbrannt und schließlich sogar unsere große schöne Synagoge in Brand gesetzt. Natürlich ist mit dem Gebäude auch unsere ganze Wohnung ausgebrannt, denn wir wohnten ja in der Synagoge. Jedenfalls war es erst mal vorbei mit den Festen in deutschen Synagogen.

Wir mussten den Stolz unserer Gemeinde eigenhändig abreißen, den Friedhof mit den ewigen Gräbern räumen und das Gelände, auf dem unsere Synagoge gestanden und der Friedhof gelegen hatte, der Stadt Hamburg „zurückgeben". Die Stadt hat auf unserem geweihten Boden einen weiträumigen citynahen Parkplatz eingerichtet, der noch Jahrzehnte Hitlers Tausendjähriges Reich überstand. Das war natürlich mal 'ne echte Verbesserung für die Bürger der Stadt, findest du nicht?

Meine Bar Mizwa musste ich deshalb in der engen Wohnung unseres Rabbiners begehen, wo wir vorübergehend untergekommen waren. Er kannte auch ohne die heiligen Tora-Rollen die ganze Liturgie auswendig. Außer meiner engsten Familie war kein Platz für andere Gemeindeglieder, in deren Mitte ich ja nun feierlich aufgenommen werden sollte.

Ich sag dir, so 'ne traurige Feier habe ich selten wieder erlebt! Wenige Tage später wurde unser Rabbiner von der Gestapo vorgeladen, und seither ist er verschwunden. Spurlos.

Guck nicht wieder so bescheuert, natürlich ist er verschleppt worden wie später alle anderen – aber ich kann ja nicht alles gleichzeitig erzählen, oder?

Also zurück zum Anfang. Vielleicht weißt du das ja wenigstens: Die Juden verstreuten sich nach der Zerstörung des Salomonischen Tempels über alle europäischen Länder und wo man sie ließ – wie eben zum Beispiel in den Niederlanden – haben sie die Kultur und Wissenschaft eifrig mit vorangebracht.

 Es gibt einen entscheidenden Unterschied zwischen den christlichen und jüdischen Gemeinden: Weil die Juden immer als kulturelle und religiöse Minderheit auf sich allein gestellt waren, übernahm die jüdische Gemeinde die volle Verantwortung für ihre Mitglieder. Alle Juden mussten einen Teil ihrer Einkünfte der Gemeinde überlassen, die wiederum für den sozialen Ausgleich sorgte. Die Armen wurden unterstützt, und jeder Jude hatte ein Anrecht auf eine kostenlose würdige Beerdigung. Du musst wissen, dass Juden ihr ewiges Grab heilig ist – Tote verbrennen und verstreuen oder sowas geht bei uns gar nicht!

Wenn du mehr darüber wissen willst, kannst du ja mal nach Sefardim unter maurischer Herrschaft, Aschkenazim und Judensteuer oder Maranos und Inquisition oder auch einfach mal nach Luther und Judenlügen deine Zauberbox kugeln. Euer wildgewordener Mönch hat am ärgsten und am lautesten geschrien, dass wir Juden nichts auf dem Leibe tragen, was wir nicht gestohlen hätten und man unsere Synagogen niederbrennen soll. Dann wirst du sehen, dass die Christen fast immer die ärgsten Judenhasser waren.

 Du lachst schon wieder so blöd und weißt doch selbst nicht alles!

Kennst du Produktenhandel? Na also, dann darf ich wohl mal bei Google passen.

Zurück zu Opa Salomon: Er war kein König, sondern ein einfacher Kaufmann wie fast alle seine Hamburger Vorfahren. Zuhause sprach man Jiddisch, auf der Straße Plattdeutsch und in der Schule Hebräisch. Aber Salomon war sehr belesen. In seiner Bibliothek standen Bücher auf Deutsch, Hebräisch, Französisch und Englisch. Der Lieblingsautor seiner Söhne war Alexandre Dumas. Vor allem seine Abenteuerschinken ‚Der Graf von Monte Christo' und ‚Die drei Musketiere' verschlangen sie – natürlich nicht als Farbfilm im Kino sondern auf Französisch im Buch. „Tous pour un, un pour tous" wurde auch ihr Schlachtruf. Ach so, du bist nicht so fit in Französisch? Das heißt „Alle für einen, einer für alle".

Salomon bemühte sich wie alle guten Väter darum, dass aus seinen Kindern etwas Ordentliches werden sollte. Auch bei den verbliebenen Kindern konnte er sicher nicht hundertprozentig Erfolg haben. Immerhin Julius brachte es zu einem „ehrbaren Handwerk". Er wurde Polsterer, Tapezierer und Bühnenbauer. Das war ungewöhnlich, weil Juden erst seit kurzer Zeit Handwerker-Berufe erlernen durften und in die Zünfte aufgenommen werden konnten.

Seine Brüder Hermann und Cäsar blieben bei einem typischen Geschäft ärmerer Juden, dem Produktenhandel. Die reicheren Juden verlegten sich auf das Bankgeschäft und den internationalen Handel.

Ich seh schon wieder deinen hilflosen Blick, du weißt natürlich immer noch nicht, was ‚Produktenhandel' bedeutet:
   Das ist der An- und Verkauf von Gebrauchsgegenständen, zum Beispiel von Möbeln, Kleidern, Fahrzeugen, aber auch von wieder-

verwertbarem Material wie Altpapier, Altglas und sogar Knochen für die Leimgewinnung, oder Abbruchholz - und vor allem Altmetall.

Okay, jetzt ist es bei dir angekommen: Sie waren entweder in kleinem Stil Trödler mit einem Secondhand-Laden im Kellergeschoss oder in der etwas größeren Ausgabe Schrotthändler, die eine Art privaten Recyclinghof betrieben!

Alle drei Brüder heirateten um die Jahrhundertwende – hallo, du Penner? Manchmal hast du echt 'ne lange Leitung!
  Natürlich um 1900, als das Automobil, die Elektrizität, das Telefon und das Radio gerade erfunden waren; und nicht um 2000, als ihr mit eurem digitalen Netz die Welt verkabelt habt!
  Allerdings heirateten die Brüder mit einem kleinen, aber später wesentlichen Unterschied: Julius heiratete eine Nichtjüdin. Seine Frau Emma wechselte aber ihm zuliebe vom Protestantismus zum Judentum, die beiden anderen Brüder heirateten Jüdinnen.

Mein Großvater Cäsar musste wie seine Brüder Julius und Hermann für den deutschen Kaiser 1914 in den Krieg ziehen. Alle drei wurden an der Westfront bei Sedan verwundet. Julius geriet dazu noch in einen Giftgasangriff und hatte seit dem Krieg bis ans Lebensende Atemprobleme. Immerhin haben alle drei den I. Weltkrieg überlebt und sind stolz in den Verein jüdischer Frontkämpfer eingetreten: „Einer für alle, alle für einen!"

Ich sehe eher meinem Opa Cäsar und dessen Vater Salomon ähnlich – typisch jüdisch, behaupteten die Nazis. Große Nase, große Ohren, und obendrauf hatte ich noch dieses verdammte Feuermal. Daher wirst du es nicht glauben, wenn du mich ansiehst: Meine Großmutter Fanny war ein bildhübsche Frau! Kein Wunder, dass auch mein Vater ziemlich gut aussah.

Übrigens war es eine typische jüdische Meise, die Söhne nach ihren Vätern oder anderen lebenden Verwandten zu benennen. Deshalb gab es in größeren Familien meistens mehrere Moses', Salomons oder Jakobs. So hieß auch mein Vater wie sein Onkel Julius und ich nach meinem Onkel Kurt. Julius II besuchte wie alle Asser-Söhne die Talmud-Tora-Realschule, die am Grindel einen großen Neubau erhalten hatte und die er mit der Prima Reife abschloss. Obwohl er auch was „Besseres" hätte werden können, machte er eine Kaufmannslehre und eröffnete eine Versicherungshandelsagentur.

Erna, eine seiner Schwestern, und ihr Ehemann Fritz Cohen stiegen in das Geschäft meines Großvaters Cäsar ein. Sie hatten zwei Kinder, Ruth und Albert. Und die haben mehr Glück gehabt als ich – aber das kommt später.

Das Radio springt an und verbreitet ätzend fröhliche Guten-Morgen-Laune. Nalle will sich die Decke über die Ohren ziehen, da hört er Rebecca schon im Bad. Scheißmontag – wieder zu spät! Er tastet nach dem Handy: Keine Nachrichten. Diese blöde Koffergeschichte geht ihm nicht aus dem Kopf. Seit Tagen liest und hört er alles Mögliche über die Judenverfolgung – aber dieser distanzlose Kurt, der ihn jede Nacht heimsucht, geht ihm langsam auf die Nüsse!

Ergeben schlägt er die Decke zurück und schlüpft in den Bademantel. Er schlurft in die Küche, wo Rebecca schon die Kaffeemaschine in Gang gesetzt hat. Als das Gerät sich ausschaltet, ächzt es noch einmal asthmatisch, dann ist es totenstill in der Küche.

Er hat gestern Abend noch lange mit Rebecca zusammengesessen, nachdem sie gemeinsam den Koffer untersucht haben. Sie war zuerst vollkommen verstört. Er hat sie noch nie weinen sehen. Und dann hat sie ihm sehr viel über ihre Familie erzählt.

Nalle fühlt sich gerädert von seinem Albtraum. In Gedanken geht er den Stundenplan durch – aber der Tag wird davon auch nicht schöner. Endlich kommt seine Mutter aus dem Bad: „Guten Morgen, Nalle! Ich habe heute Freizeitausgleich für die Danzig-Reise. Wann kommst du aus der Schule? Vielleicht gehen wir heute Abend mal Essen?"

Zu viel Input auf einmal. Was macht sie überhaupt schon so früh im Bad, wenn sie nicht mal arbeiten muss? Nalle grunzt nur und geht ins Bad. Er guckt in den Spiegel: Dicke Lider, Schlaffalten, Speichel in den Lefzen und der Pickel am Hals ist auch noch dicker geworden! Wenigstens blutet er nicht mehr nach der Stichverletzung. Er dreht die Dusche an.

Rebecca sitzt schon am Frühstückstisch und liest Zeitung, als er endlich angezogen ist. Er fräst schnell ein Brot mit Erdnussbutter rein, spült mit Kaffee hinterher – fertig. „Muss los!" – „Tschüß und halt dich wacker!"

Jeden Morgen das Gleiche, und montags am schlimmsten!

Die Tür des Chemieraums fliegt auf, als wäre im Flur eine Bombe explodiert. „Hi folks, da bin ich endlich!" Phil tritt mit wiegenden Hüften und zum V-Zeichen erhobenen Fingern in die Klasse. Über seinem linken Ohr wippt eine kleine Krone aus Pappe, die sich mühsam mit einem Gummiband an ihrer Stelle hält. Auf ihr werben Bilder für verschiedene Burgerspezialitäten. Hoheitsvoll nickt der Junge seinem Publikum zu und verkündet, dass er Prince Phil ist und demnächst den blöden HVV-Bus selbst zur Schule schieben wird, wenn der weiter solche Verspätungen hat. Unter zustimmendem Gejohle geht Phil lächelnd am Lehrerpult vorbei, ohne Notiz von Frau Gröner zu nehmen. Die Lehrerin beschließt ebenfalls, den Auftritt zu ignorieren. Als der Junge ihrem Gesichtsfeld entglitten ist, greift er in seine Jackentasche und schiebt blitzschnell einen unbeschrifteten, mit klarer Flüssigkeit gefüllten Erlenmeyer-Kolben zwischen die anderen

Flaschen unter die Dunstabzugshaube. Dann trollt er sich zu seinem Platz. Er wirft die Jacke über die Stuhllehne und flötzt sich mit einem maliziösen Grinsen auf seinen Stuhl. Phil trommelt im Takt auf seine Tischpatte und rappt leise vor sich hin: „Selbst ein Döner ist noch schöner als Frau Gröner!" Nach und nach übernimmt die Reihe den Rapp und es entsteht ein monotones Murmeln in der Klasse.

„Die Dämpfe der Schwefelsäure sind von stechendem Geruch und nicht ungefährlich", fährt die Lehrerin scheinbar ungerührt ihren Unterricht fort. „Ich darf euch darin erinnern, wie ein Chemiker Geruchsproben nimmt: Er öffnet den Korken vorsichtig und fächelt mit einer Hand über den Flaschenhals." Frau Gröner nimmt zu Demonstrationszwecken ein braunes Glasgefäß unter der Abzugshaube heraus, auf dem in verwaschenen Lettern „BROM" steht.

„Aber Frau Gröner, Brom riecht doch gar nicht so toll, das müssen Sie schon trinken!" Die Lehrerin lässt sich nicht beirren, sondern öffnet behutsam die Flasche, schließt die Augen und fächelt mit leichter Hand über den Flaschenhals.

„Mein Alter macht das immer ganz anders", nörgelt Phil. „Also, der geht hin, ploppt die Buddel auf und kippt sie sich in den Hals." – „Mach mal vor, Prince Filthy!" stichelt sein Nachbar. „Bitte, wenn ihr wollt!" Phil erhebt sich von seinem Platz, lässt den Stuhl achtlos nach hinten fallen und geht mit schweren Schritten zum Versuchsplatz. „Phil, jetzt reicht es aber, setz dich sofort hin!" – „Okay, mach ich – sofort!" Er greift nach dem unbeschrifteten Kolben mit der klaren Flüssigkeit, zieht den geschliffenen Stopfen heraus und setzt das Gefäß ohne Umschweife an den Mund. „Phil, bist du denn wahnsinnig!" Frau Gröner lässt vor Schreck die Bromflasche fallen und versucht, dem Jungen den Kolben mit der klaren Flüssigkeit zu entreißen. Aber es ist schon zu spät. Phil hat einen großen Schluck genommen und sichtlich erschreckt den Kolben abgesetzt. Er lässt ihn ebenfalls fallen, greift sich an den Hals und ringt nach Luft. Er rülpst laut, hustet und würgt, schlägt um sich, wankt zu Judiths Platz und fällt der Länge nach über ihren Tisch. „Schwarzes Massai-Weib, küss mich, dann werd' ich zum Frosch!" krächzt er noch, dann rührt er sich nicht mehr.

Judith hebt die Krone mit zwei spitzen Fingern auf dem fettigen Haar vor ihr an und lässt sie auf Phils Ohr zurückschnellen: „Du verwechselst da einiges, du Schleimer, zieh Leine!"

Der Junge stöhnt jetzt vor echtem Schmerz und fasst an sein Ohr, dann schlägt er die Augen auf. „Fick dich, alte Zicke!" Phil springt auf und geht zu seinem Platz zurück, als sei nichts gewesen.

Frau Gröner ist außer sich vor Zorn: „Das, Phil, wird Folgen haben! Ich werde deine Eltern in die Schule bestellen. Du gehst jetzt sofort zum Schulbüro und bleibst dort, bis ich nach der Stunde zum Schulbüro komme. Dann gehen wir gemeinsam zum Schulleiter!"

Maulend zieht Phil seine Jacke von der Lehne des umgekippten Stuhls, wirft sie über die Schulter und verlässt den Klassenraum. „Man wird ja wohl noch mal einen Schluck Wasser trinken dürfen. Ich kann doch auch nichts dafür, wenn das Brom Sie so schnell benebelt." Die Lehrerin stockt und starrt in die sich weiter ausbreitende braune Lache neben dem Versuchstisch, dann befiehlt sie allen Schülern, den Chemieraum sofort zu räumen.

Ein Chemieunfall? Der Schulleiter hält sich nicht lange mit dem Grönerschen Rotzbengel im Schulbüro auf und alarmiert die Feuerwehr. Minuten später fahren zwei Mannschafts- und ein Gerätewagen der Feuerwehr vor dem Wilhelm-Gymnasium auf. Der gesamte Fachtrakt mit den Chemie-, Physik- und Biologieräumen wird geräumt. Auch Kofi, Houchang und Steve werden umgehend aus dem benachbarten Physikraum evakuiert: Die Feuerwehrmänner machen ihre Sache gründlich und sperren den Flur zum Chemielabor vollständig ab. Nach einer halben Stunde ist der Spuk zwar vorüber, aber die meisten Schüler haben das Durcheinander genutzt und die Schule sicherheitshalber gleich ganz verlassen.

Phil droht ein weiterer Schulverweis – der dritte und damit letzte.

Auch Judith hat die Evakuierung genutzt, den Vormittag woanders zu verbringen.

Judith hockt am Rand einer kleinen Wiese hinter der Raubtieranlage. Sie sucht einerseits vor den neugierigen Blicken der Besucher Deckung, andererseits will sie nicht selbst Opfer des Jägers werden. Fast in Reichweite sitzt vor ihr ein kräftiger Pampashase und beobachtet aufmerksam jede ihrer Bewegungen. Seine Nasenflügel vibrieren aufgeregt, schließlich kauert er sich zusammen und scheint bereit zur Flucht. Judith hält inne und wartet, bis sich das Tier wieder beruhigt hat. Vorsichtig streckt sie ihre Hand mit dem trockenen Brot aus. Der große Pampashase spielt mit den Ohren, stellt sie schließlich auf und streckt den Hals. Nah, ganz nah ist sie jetzt an ihm. „Nun mach schon!" beschwört sie im Stillen den Jäger. Als der Pfeil endlich in das Hinterteil des Tieres peitscht, zuckt sie genauso zusammen wie das getroffene Tier. Der Pampashase macht einen Satz auf Judith zu, dann hinkt er in das immergrüne Dickicht.

Judith sieht sein Fell noch zweimal kurz zwischen den Rhododendren auftauchen. Sie weiß, dass er gleich hilflos mit allen Vieren rudern und leblos zusammenbrechen wird. Sie schiebt sich behutsam in das dichte Rhododendrongebüsch. Die trockenen Zweige kratzen ihren Nacken, die krümelige Rinde des sich nur widerwillig biegenden Holzes rieselt in den Kragen.

Spöttisch blickt Judith zu dem großen Mann hinüber, der sich jetzt mühsam einen Weg durchs Dickicht bahnt. Da, wo sie die Zweige vorsichtig auseinandergebogen hat, bricht er durch das Gehölz wie ein wilder Keiler. „Wenn das bloß kein Gärtner sieht!" kichert das Mädchen. „Also, die sollen sich man nicht so anstellen. Dieser Urwald muss sowieso mal ausgedünnt werden. Und in freier Wildbahn würden hier ganz andere Horden durchziehen."

„He, Sie! Was machen Sie denn da im Gebüsch? Kommen Sie sofort raus! Das kann doch wohl nicht wahr sein!" – „Mensch, Peters, ich bin's, Felden! Nun machen Sie doch nicht so 'nen Krach, sonst haben wir hier gleich einen Menschenauflauf!"

Vom Gehweg bahnt sich ein älterer Herr mit Harke und Eimer seinen Weg ins Unterholz. „Aber Herr Doktor, was machen Sie denn da?" – „Nun kommen Sie schon runter und seien Sie endlich leise!" Zögernd geht der alte Gärtner in die Knie und hält sich an seiner Harke fest. Der Tierarzt Dr. Felden grinst verschmitzt und mit einem verschwörerischen Seitenblick auf Judith fragt er: „Also was wetten Sie: Bock oder Weibchen?" Peters starrt verständnislos auf den niedergestreckten Pampashasen. Er wischt sich ratlos über den Mund und staunt: „O Mann!" – „Okay, also Bock – und was meinst du, Judith?" Felden liebt es, wenn er Judiths strahlendes Lachen sehen kann. Ihr braunes Gesicht wirkt oft nachdenklich, aber wenn sie lacht, lacht sie wie ihre Mutter mit dem ganzen Körper. Sie entblößt ein schneeweißes Gebiss zwischen ihren breiten Lippen, die Augen werden zu Schlitzen, sie schüttelt den Kopf und wiegt sanft mit dem Oberkörper wie eine Blume im Wind. „Herr Peters hat sich doch noch gar nicht festgelegt, er war doch nur ganz erstaunt!"

Jetzt ist Felden verwirrt. „Also gut", geht sie auf die Wette ein, „diesmal ist es ein Bock." Judith lächelt den Tierarzt ermunternd an. Felden kratzt sich den Kopf, sieht unschlüssig von Peters zum Hasen und beschließt dann: „Weibchen – die Wette gilt!" – „Was hat der Hase denn?" fragt der Gärtner. „Ach, das Meerschwein will verreisen – vorausgesetzt, es ist endlich mal ein Weibchen." – „Matthias meint, vorausgesetzt, es ist endlich mal eine Meersau!" albert Judith. Peters betrachtet ratlos das ungleiche Paar. Das farbige Mädchen kennt er von den Orientalischen Nächten im Tierpark. Judith heißt sie und tritt mit ihrem Bruder und den persischen Jungs auf. In ihrem Kostüm sieht sie fantastisch aus, und das Publikum ist immer hingerissen von den jungen Schauspielern.

Aber auch ohne Verkleidung findet der Gärtner sie ausgesprochen niedlich und kann ihr nichts übelnehmen. Deshalb wendet er sich mit seinem Ärger an den breitschultrigen Tierarzt: „Meerschwein, Meersau? Mit Verlaub, Doktor Felden, verarschen kann ich mich alleine!"

Der alte Mann erhebt sich mühsam und wendet sich zum Gehen. „'Tschuldigung, Herr Peters, ich will es Ihnen gern erklären, warten Sie nur einen Moment noch!" Felden dreht das große Tier um und untersucht das Genitale. Er flucht leise: „Wie können die blöden Tiere das denn bloß erkennen, ob sie 'nen Kerl oder ein Mädel vor sich haben? Die drehen sich doch auch nicht ständig auf den Rücken – jedenfalls hab ich das noch nie gesehen!" Judiths ganzer Körper wird nun vom Lachen geschüttelt. „Vier zu eins für mich!"

Missmutig klopft der Tierarzt dem Pampasbock mit der flachen Hand auf das Hinterteil. „Nun mach schon, kannst wieder abhauen!" Aber das Tier bleibt wie tot liegen. Erst, als Dr. Felden es in eine Decke wickelt, um es mitzunehmen, beginnt es mit den Ohren zu spielen und sich langsam zu bewegen. „Also, Herr Peters, die Sache ist die, dass Pampashasen als Nagetiere mit den Stachelschweinen verwandt sind und zur Familie der Meerschweine gehören. Sie heißen nur Hasen, weil sie sich in vielfacher Hinsicht so benehmen. Wir haben dem Zoo in Lyon ein Pärchen Pampashasen angeboten und sollen dafür von dort ein Pärchen Wüstenfüchse erhalten. Aber es ist verdammt schwierig, bei so einem hoppelnden Viech zu erkennen, ob es nun weiblich oder männlich ist. Deshalb müssen wir solange Meerschweine jagen, bis wir ein Pärchen zusammen haben." – „Ah ja, und das geht nur hier in meinen schönsten Rhododendren, ich verstehe!" Dr. Felden nimmt schuldbewusst einen abgebrochenen Ast auf und schiebt ihn in das Gebüsch zurück. Peters sieht den Jäger missbilligend an: „Davon wächst er auch nicht wieder an!" – „Es tut mir leid, wenn wir Ihnen hier etwas kaputtgemacht haben. Wir können nur schlecht vor den Augen der

Zoobesucher mit einem Blasrohr auf die Jagd gehen – die alarmieren doch sofort den Tierschutzverein!" – „Das ist natürlich besonders peinlich, weil Sie ja dort der Vorsitzende sind!" Jetzt muss der alte Gärtner doch schmunzeln. „Im Übrigen wäre es wirklich ganz gut, wenn Sie ein paar von den Viechern abschaffen könnten. Die laufen hier überall frei rum und verbeißen meine schönsten Anpflanzungen." Ächzend erhebt er sich und winkt ihnen im Weggehen zu: „Tja, denn man noch Waidmannsheil!"

Dr. Feldens Tochter Caro geht in Kofis Klasse. Judiths Bruder heißt eigentlich Jeremiah. Aber in Togo, wo er geboren wurde, erhalten alle Kinder als Zweitnamen den Wochentag ihrer Geburt. Jeremiah wurde wie sein Vater am Freitag geboren. Deshalb heißen beide auch Kofi. Jeremiahs Vater war jedoch noch vor Geburt seines Sohnes bei einer friedlichen Demonstration gegen den langjährigen Diktator Eyadema von Scharfschützen aus tieffliegenden Hubschraubern erschossen worden.

Dr. Matthias Felden und Judiths Vater Christoph Grobeck hatten sich in der ehemaligen deutschen Kolonie Togo kennengelernt. Felden sollte dort ein Pärchen Togo-Servals einkaufen, denn die seltenen Kleinkatzen fehlten noch im Hamburger Tierpark. Er freundete sich mit dem anderen Hamburger an. Christoph war in dem kleinen afrikanischen Staat an der Atlantikküste als Wasserbauingenieur in der Entwicklungshilfe tätig. Der wiederum hat sich in die schwangere Witwe des toten Demonstranten Kofi verliebt.

Kurz nach Jeremiahs Geburt haben die beiden geheiratet und sind zu Christoph nach Hamburg gezogen, wo er seither für die Stadtwerke arbeitet. Aus Respekt vor dem tapferen Vater des Jungen und vor seinem berühmten Namensvetter Kofi Annan, dem damaligen Generalsekretär der Vereinten Nationen, wird auch Jeremiah nur mit seinem Zweitnamen Kofi gerufen.

Die Familie hat bald darauf noch eine Tochter, Judith, bekommen. Es war nicht zu vermeiden, dass Kofis Rufname in der Schule oft als Goofy verballhornt wurde – vor allem Phil war ein Meister darin, die farbigen Grobeck-Kinder gezielt zu mobben. Gut, dass niemand aus der Schule weiß, wie Donnerstag in der Ewe-Sprache heißt: Judiths Zweitname ist nämlich Anyou. Phil hätte daraus bestimmt etwas mit Kuh oder Gnu gezaubert!

Die Eltern Felden und Grobeck sind unzertrennliche Freunde. Christoph hat dafür gesorgt, dass die Stadt dem Tierpark ihr gereinigtes Regenwasser zum Sprengen der Grünanlagen und Spülen der Käfiganlagen kostenlos zur Verfügung stellt. Und Felden hat das Direktorium des Tierparks davon überzeugt, dass die Grobeck-Kinder und ihre persischen Freunde die „Orientalischen Nächte" als kostümierte Komparsen beleben würden. Die Kosten für die Verkleidungen wurden vom Tierpark übernommen.

Großes Aufsehen hatten die Perser erregt, als sie einmal von ihrem ältesten Bruder Mirhat mit seinem Cadillac Fleetwood Jahrgang 1960 gebracht wurden. Sein Oldtimer war sofort zur Attraktion der „Romantischen Nächte" geworden: Die Liebespaare stehen jedes Mal Schlange, um sich in dem Cadillac porträtieren zu lassen. Seither führen die Kinder regelmäßig als Massai oder Scheichs verkleidet Kamele, Ziegen und Ponys durch den Park und Mirhat stellt seinen Oldtimer dem Tierpark-Fotografen für die Liebespärchen zur Verfügung. Für ihr Engagement erhalten alle Komparsen kostenlose Besucher-Jahreskarten.

Auch Kofi weiß etwas mit der unverhofften Freizeit anzufangen. Er will einen ganz abgefahrenen Parcours ausarbeiten: Gegen „Down under" wird Houchangs „Up and down competition" im Elbtunnel eine Light-Version sein!

Kofi kriecht die Böschung zur Alster hinunter, wo er eines der großen Gitter entdeckt hat.

Gestern Abend hat Christoph ihm den fleckigen Kupferstich des ersten Hamburger Trinkwassernetzes, der in seinem Arbeitszimmer hängt, erklärt: Der englische Ingenieur William Lindley hatte nach dem großen Brand 1842 im Auftrag des Hamburger Senats ein modernes Trinkwassernetz aufgebaut, das aus den Flüssen gespeist worden war. Die Rohre folgten den großen Straßen der Hamburger Innenstadt. Als man nach der Cholera-Epidemie 1892 feststellte, dass die Seuche sich auch über Lindleys Flusswassersystem ausgebreitet hatte, wurde das Netz stillgelegt.

Die Trinkwasserversorgung wurde noch einmal vollkommen neu aufgebaut und seither wird nur noch Grundwasser gefördert. Aber das alte Sielsystem des Engländers war in großen Teilen noch unter dem Stadtkern vorhanden!

Nach Christophs Kupferstich muss es ein mannshohes Rohrsystem mit weiter Verzweigung unter dem Alstervillenviertel vom Wasserturm Sternschanze bis zur Außenalster geben. Ein Einstieg wird diese Öffnung sein! Kofi zieht seine Schuhe und die lange Hose aus, öffnet die Sporttasche und steigt in seine kurze Hose. Da er Sorge hat, im Dunkeln in Nägel oder Scherben zu treten, schlüpft er barfuß in die Sportschuhe mit dicker Sohle. Die lange Hose wandert in die Sporttasche und die Schulsachen verschwinden im Gebüsch. Kofi hat eine Detailkarte der Innenstadt in der Hosentasche und seinen Kompass umgehängt. Er aktiviert in seinem Handy die Funktionen Taschenlampe und GPS, obwohl er weiß, dass das GPS in den Röhren nicht funktionieren wird. Kofi sieht sich noch einmal um und watet durch das seichte, aber eiskalte Alsterwasser am Ufer entlang. Am halb durchgerosteten Gitter muss er sich sehr tief bücken, dann findet er zwei Streben, die schon einem kleinen Druck nachgeben und herausbrechen. Die Lücke reicht aus, um in die Röhre zu klettern. Hier ist das Wasser nur knöcheltief, aber der oval gemauerte Tunnel hat wirklich Stehhöhe!

Nach einer Weile hat Kofi sich an die Dunkelheit gewöhnt und die Wassertemperatur in den Schuhen wird langsam erträglicher. An vielen Stellen hat sich Wurzelwerk durch die Tunnelmauer gezwängt, und fädige Wurzeln hängen wie Lianen von der Decke. Mehrmals findet Kofi Einbrüche der Mauer: Einzelne Klinker und kleinere Erdhaufen liegen auf der Tunnelsohle, aber die Röhren sind nirgendwo völlig verstopft.

Kofi peilt mit dem Kompass den ungefähren Verlauf des Tunnels und schätzt auf der Karte die Entfernung bis zur ersten großen Kreuzung. Dann schreitet er die Strecke ab. Er kommt zügig voran und findet schon nach etwa 100 Metern den ersten Knotenpunkt – ein hallenähnliches Gewölbe, in das fünf Rohre münden. Christoph hat mal erzählt, dass die Wasserwerker hier früher mit kleinen Booten durchgefahren sind. Das kann Kofi sich bildhaft vorstellen! Wenn Phil dies dunkle Röhrennetz entdecken würde, würde er bestimmt eine wilde Gotcha-Battle veranstalten. Kofi fröstelt bei dem Gedanken, plötzlich jemanden hier unten zu treffen. Er muss die Eisensprossen zur Hallendecke bis zum zentralen Gullyabschluss hochklettern, um ein GPS-Signal empfangen zu können. Er kontrolliert seinen Standort und stellt fest, dass er ein wenig zu weit nach Norden geraten ist. Wenn er zum Dammtorbahnhof will, muss er eine der beiden linken Röhren nehmen – nur welche? Er mäandert noch einige hundert Meter weiter durch das Tunnelsystem, zählt die Schritte, schätzt die Entfernung und peilt die Richtung. Hier weitet sich das Rohr noch einmal zu einem größeren Knotenpunkt. Kofi kontrolliert immer wieder das GPS-Signal und stellt fest, dass wohl einige Gullydeckel überbaut sind und er dort kein Signal empfangen kann. Aber in den meisten Schachtköpfen hat Kofi genügend Empfang, sodass er sich mit seinen Hilfsmitteln ausreichend orientieren kann. Er hat jetzt einen ersten Eindruck und beschließt, umzukehren. Kofi ist zuversichtlich, dass Houchang und Steve seinen Parcours „Downunder" akzeptieren werden.

Als Phil endlich das Schulbüro verlassen darf, weiß er nicht genau, was er tun soll. Der Direx hat ihm nach einer zweistündigen Wartezeit im Schulbüro und mehreren Telefonaten die endgültige Entfernung vom Wilhelm-Gymnasium angedroht. Eine Klassenkonferenz soll anberaumt werden und über Phils Zukunft entscheiden.
„Wir werden es uns nicht leicht machen, aber du hast wirklich schon zu viel auf dem Kerbholz. Und der Chemieunfall mit dem Feuerwehreinsatz hat das Fass zum Überlaufen gebracht!" – „Aber es ist doch nur ein bisschen Brom ausgelaufen, und das ist der Gröner passiert, nicht mir!"
Alles Diskutieren hat nichts geholfen. Phil darf die Schule bis auf weiteres nicht mehr betreten.
Er hängt als kleine Erinnerung seine Pappkrone an die Türklinke des Lehrerzimmers und schlendert in Richtung Dammtorbahnhof. Vielleicht findet er dort Krümel oder sonst jemanden, den er kennt.

Vor dem Bahnhof drängeln sich Autos um die wenigen, teuren Kurzparkplätze; Türen fliegen auf, um eilige Leute mit großem Gepäck auf den Vorplatz zu spucken. Auf andere Wagen, die mit laufendem Motor ungeduldig vor den Parkbuchten warten, eilen Reisende zu, um freudig aufgenommen zu werden. Phil durchquert die Bahnhofshalle. In der Taxengasse auf der Südseite des Bahnhofs langweilen sich die Taxifahrer. Sie stehen in kleinen Gruppen herum oder hängen an ihren offenen Wagenschlägen. Einige rauchen, lesen Zeitung oder trinken aus beuligen Thermoskannen dampfenden Kaffee.

Phil entdeckt Krümel auf der anderen Straßenseite. Er verschwindet gerade im Glaspalast des Metro-Kinos. Der Rocker kauft keine Kinokarte, sondern marschiert ins Fastfood-Restaurant, das zwischen den Vorstellungen rappelvoll ist. Er drängt sich an der Warteschlange vorbei und bestellt eine Ladung Hamburger. Der Glatzkopf mit den vielen verschlungenen Achten auf dem Schädel setzt sich mit seinem beladenen Tablett an einen Fensterplatz und öffnet alle drei Pappschachteln nacheinander. Er fischt die Gurkenscheiben vom Salatblatt und schleudert sie gegen die Fensterscheibe. Wie kleine Räder leuchten sie in der durch das Glas scheinenden Sonne. Phil überquert die Straße und klopft an die Scheibe. Der Dicke sieht hinaus, draußen grinst Phil zwischen den Gurkenrädern hindurch.

Da Krümel keinerlei Reaktion zeigt, beschließt Phil, vor dem Restaurant zu warten. Er wendet sich von Krümel ab und lehnt sich gegen eine Parkuhr. Phil beobachtet zwischen den Autos hindurch das Treiben vor dem Bahnhof.

Vor dem kleinen Straßencafé, das direkt an die Pizzeria ‚Don Giovanni' im Erdgeschoss des Bahnhofs grenzt, stehen wackelige Tischchen und Drahtkorbstühle auf dem breiten Gehweg. Die Plätze sind nahezu vollständig besetzt. Der Student, der als Kellner aushilft, schlängelt sich zwischen den Stühlen hindurch und bemüht sich redlich, den Bestellungen der Kunden nachzukommen.

Endlich kommt Krümel wieder aus dem Restaurant geschlendert: "Man, Alter, was glotzt du denn da so rüber – is' da 'ne Muschi oder wat?" Phil hat noch keine Freundin. Aber vielleicht, wenn er ein cooler Rocker oder wenigstens ein akzeptierter Hangaround wäre, hätte er bessere Chancen bei den Mädels. Nicht mal Judith kann ihn ausstehen. Phil seufzt leise, er würde zu gern ins Chapter der Bloody Traces aufgenommen werden – und Krümel hat das mit dem MC-Vorstand zu entscheiden.

Jetzt beobachten beide das Café. Ein dicker Herr mit Brille sitzt vor seiner leeren Kaffeekanne und wartet offenbar ungeduldig darauf, endlich zahlen zu können. Ihm gegenüber sitzt ein junges Pärchen, das sich verliebt gegenseitig mit Eiscreme füttert. Am Nebentisch unterhalten sich zwei ältere Damen über aufregende Neuigkeiten.

"Wat is? Wat geht nu ab? Keine Schule?" Krümel fischt mit dem Finger einen Rest Burger zwischen den Zähnen heraus und betrachtet seine Fingerkuppe eingehend: „Kannst mal 'n paar Kröten ranschaffen..." – "Soll ich mal eben für dich zur Bank gehen und 'n bisschen Knete abbröckeln?" – "Ne, kassier mal ab da drüben, die werden schon ungeduldig!"

Phil wird es etwas mulmig, als er kapiert, was Krümel von ihm erwartet. Aber wenn er seine Chance nutzen will, muss er es machen. Er flitzt über die Straße und baut sich neben dem Dicken am Tisch auf. "Das macht sechsfuffzig, mein Herr." Der Dicke dreht sich verblüfft zu Phil um und reicht ihm einen Zehner. "Das stimmt so, auf Wiedersehen." Eilig schiebt der Gast den Stuhl zurück und stößt gegen die Stuhllehne einer der beiden Damen. Phil springt hinzu und sagt mit einem gewinnenden Lächeln: "Verzeihung, gnädige Frau, es ist leider etwas eng bei uns hier draußen – erlauben Sie, dass ich auch bei Ihnen gleich abkassiere?" Die Angesprochene lächelt mit einem Seitenblick zu ihrer Freundin freundlich zurück und sagt: "Aber natürlich, junger Mann. Ich hatte zwei Schwarzwälder Kirsch und zwei Kännchen Kaffee." Phil zieht die Brauen zusammen und sieht angestrengt nach oben. "Das macht – äh – das sind einundzwanzigachtzig." Die Dame reicht drei Zehner herüber und flötet: "Geben Sie mir auf fünfundzwanzig heraus." Ihre Freundin sagt: "Auch zwei Kännchen und ein Obststück!" - Wieder blickt Phil gen Himmel und liest dort ab: "Sechzehn genau, meine Dame" – "Zwanzig, das stimmt so!"

Mit einem höflichen Diener nimmt Phil das Geld entgegen und nestelt an seiner Geldbörse, die mit einer Kette am Gürtel gesichert ist. "Ach, du meine Güte, nun habe ich gar keinen Fünfer!" Verstört blickt er der ersten Dame ins Gesicht. Als wäre ihm eine gute Idee gekommen, hebt er die Hand und wendet sich dem jungen Pärchen am ersten Tisch zu. "Entschuldigung, kann einer von euch 'nen Zehner wechseln? Ich muss sowieso bei euch jetzt kassieren – Personalwechsel!" Der junge Mann starrt Phil feindselig an. "Wir haben doch gerade erst unser Eis gekriegt!" – "Ach Bärchen, sei nicht so brummig, gib ihm doch das Geld!" – "Na schön, bei uns sind das zweimal siebenfünfzig; hier sind fünfzehn Euro!" Er zählt Phil die Münzen in die Hand und dreht sich wieder zu seiner Freundin um. Phil gibt der ersten Dame fünf Euro zurück und tritt mit einer eleganten Verbeugung den Rückzug an.

Judith hat ihren Freund, den Tierarzt Matthias, und seine übergroßen Meersäue bald nach dem Auftritt des alten Gärtners verlassen, um ihren Bruder zu treffen. Sie vermutet Kofi bei Houchang in der Pizzeria und ist deshalb mit dem Rad zum Dammtor gefahren. Das Mädchen überlegt, ob es ins ‚Don Giovanni' hineinschauen soll. Dabei hofft Judith, dass die Freunde nicht bei den Asfarams sitzen. Dann könnte sie durch den Park radeln und einmal direkt bei Steve in der Moorweide 18 läuten. Vielleicht sind sie alle dort, aber im Stillen wünscht sie, dass sie den blonden Jungen allein antreffen würde...
Judith bemerkt unter den Taxifahrern Sarsah, einen ungewöhnlich groß gewachsenen schlanken Afrikaner, den sie aus der Deutsch-Afrikanischen Gesellschaft kennt. Sarsah ist bei seinen Freunden und Kollegen als ‚Paul' bekannt – ‚Sarsah' kann sich kein Deutscher merken. Weil Sarsah wie Judiths Mutter aus Togo stammt, haben ihre Eltern ihn schon einmal nach Hause eingeladen. Irgendwie ist es Judith nicht lieb, dass er sie vielleicht dabei beobachtet, wie sie sich mit Steve treffen würde – Sarsah würde bestimmt etwas vermuten, was gar nicht so ist...

Judith hat ihr Rad vor der Pizzeria gerade abgestellt, aber noch nicht angeschlossen, als sie Phils merkwürdiges Treiben zwischen den Gästen auf der Terrasse des Cafés entdeckt. Sie sieht, wie sich der echte Kellner vom Eingang des Cafés nähert und seinen Weg zu den älteren Damen bahnt. Da rast Phil zu einem dicken kahlköpfigen Rocker hinüber und verschwindet gerade noch rechtzeitig mit dem eingenommenen Geld zwischen den vor der roten Ampel haltenden Autos auf die andere Straßenseite.

Kurz entschlossen sprintet Judith hinter ihm her. Die Ampel springt auf grün und ein anfahrendes Moped auf der zweiten Spur reißt sie um, überall quietschen Bremsen.

Erst spürt Judith nichts, als sie auf dem Asphalt liegt, aber dann sieht sie ihren Unterschenkel merkwürdig verkrümmt. Es dauert eine Weile, bis der Schmerz unaufhaltsam durch das Bein flutet.

Der junge Mann, der gerade das Eis bezahlt hat, und der Kellner eilen herbei und helfen ihr zurück auf den Gehweg. Judith kann nicht mehr auftreten. Die beiden Helfer platzieren sie auf einem der Drahtkorbsessel. „Ich kenn den, der geht in meine Klasse!"

„Das war sehr nett von dir, vielleicht kriegen wir ja doch noch das Geld zurück. Ich rufe jetzt erst einmal einen Krankenwagen!" sagt der Kellner freundlich. Judith verbeißt sich den Schmerz: „Könntet ihr die Jungs vom ‚Giovanni' fragen, ob sie mein Fahrrad einschließen? Ich hole es später ab!" – „Klar, mach dir keine Sorgen um das Rad, ich kümmere mich!"

Da nähert sich vom Taxistand ein großer Schwarzer dem Café: „Hallo Judith, was ist passiert?"

Judith erklärt Sarsah, dass sie angefahren worden ist und der Kellner gerade einen Krankenwagen rufen will. Sarsah wendet sich an den Kellner und sagt: „Du brauchst keinen Krankenwagen zu rufen, ich bring Judith direkt in die Uniklinik. Ich kenn da einen netten Pfleger in der Chirurgie, dann braucht sie sicher nicht so lange zu warten."

Die Männer helfen Judith in Sarsahs Taxi. Im Rückspiegel sieht das Mädchen den Kellner mit Hafiz, dem mittleren Asfaram-Sohn verhandeln. Die beiden gehen zu Judiths Fahrrad und Hafiz schiebt es zum Eingang der Pizzeria.

Judith ist erleichtert und bedankt sich herzlich bei Sarsah auf Deutsch. „Ist doch klar, dass wir Leute aus Togo zusammenhalten!" lacht Sarsah in der Ewe-Sprache und zwinkert in den Rückspiegel. Judith fühlt sich in Sarsahs Taxi geborgen, der Schmerz lässt schon ein wenig nach. Sie schläft erschöpft auf dem weichen Rücksitz ein.

Phil hat nicht mitbekommen, wer ihn verfolgt hat und taucht mit Krümel in den nächsten U-Bahn-Schacht ein. Krümels Pranke quetscht Phils Arm wie ein Schraubstock ein: „Gib her!" Widerstrebend rückt Phil die Scheine heraus und fragt: „Ey, krieg ich nichts ab?" – "Halt's Maul, das war'n Test!" – "Is ja schon gut, also: wohin gehen wir denn jetzt?" – "Pass auf: Du haust jetzt ab, und mich lässte in Ruhe, verstanden?" – "He, ich denk, wir machen was zusammen!" – "Du gehst mir echt auf'n Sack – verpiss dich oder du hast gleich 'ne Hängelippe!"

„Lieber Nalle, komme leider heute Abend erst spät nach Hause – das Essen müssen wir verschieben. Vielleicht morgen? Kuss Mama"
Steve seufzt und steckt das Handy ein. Eigentlich hat sie doch heute frei und ist trotzdem weg. Weiß der Geier, was sie wieder treibt!
Nachdem er das Nötigste für die Schule erledigt hat, besucht er Houchang am Nachmittag auf eine Handpizza. Eigentlich will er es nicht, aber als er abends im Bett liegt, nimmt er wieder die Kurt-Kladde in die Hand.

Das Spiel

Und nun kam ich: Tata, tata!
Mein Vater Julius und meine Mutter Jenny ahnten nichts Böses, als am 12. Mai 1926 – übrigens heute vor genau 89 Jahren – die Wehen einsetzten. Ich male mir immer wieder das Entsetzen aus, als die Hebamme mir nach meiner Geburt das Blut vom Kopf wischte und der riesige rote Fleck auf der linken Gesichtshälfte nicht abgehen wollte. Bestimmt habe ich als strammer Stammhalter heftig geschrien, und meine Mutter gleich mit. So ein hässliches Kind in den Arm nehmen zu müssen, war sicher nicht leicht für eine junge Mama.
Und wenn dann vielleicht noch Opa Cäsar mit seiner großen Nase und seinen großen Ohren treuherzig erklärt hätte, dass ich ihm wirklich ähnlich sähe, muss für meine Mutter alles vorbei gewesen sein!
So haben sie mir das nie erzählt, aber so wird es wohl gewesen sein.

Der herbeigerufene Hausarzt Dr. Hirsch erklärte meinen Eltern, dass es sich um ein ‚Sturge-Weber-Syndrom', eine seltene, aber meist recht harmlose äußere Hautanomalie handele und damit eher ein kosmetisches Problem sei.
Er hatte aber nicht gewusst, dass so ein ‚rein kosmetisches Problem' lebensentscheidend werden kann – dass es nicht nur mein Schicksal, sondern auch Lissys besiegeln wird.
Der arme Dr. Hirsch hatte auch nicht gewusst, dass Hitler ihm bald seine Praxis verbieten würde und er keine zehn Jahre später ins Ausland fliehen müsste.
Erst einmal hat sich meine Familie eingekriegt und mich ganz normal erzogen. Vor allem meine Großeltern Asser hatten mich in ihr Herz geschlossen. Mich störte der Fleck in den ersten Jahren auch nicht, weil ich ihn ja nicht einmal selbst betrachten konnte.

Als meine Mutter ein Jahr später bemerkte, wieder schwanger zu sein, drehten sich ihre Gedanken sicher nicht um Geschlecht oder Namen des Kindes, sondern einzig um die bange Frage: Wird es auch entstellt sein?

Das Kind war ein Mädchen, und Lissy hatte Opas große Nase und seine großen Ohren geerbt, aber sonst war alles gut: kein Feuermal wie der große Bruder!

Mit zunehmendem Alter und häufigeren kritischen Blicken in den Spiegel lernte ich schmerzhaft, dass fremde Kinder und Erwachsene mich wegen meines Feuermals mieden.

Echter Stress war natürlich mein erster Schultag: Gehst du von rechts auf die Leute zu, ist alles gut – drehst du dich versehentlich nach links, fallen sie alle fast in Ohnmacht. Ich habe zugesehen, dass ich möglichst immer am linken Rand der Klassenbank sitzen konnte. Im Winter half es wenig, weil die ganze Klasse mein Spiegelbild mit dem Feuermal in den großen Fenstern unseres Klassenraumes anstarrte. So kam es mir jedenfalls vor. Und so wurde ich den Ruf als ‚Feuerfresse' nie mehr los.

Aber noch etwas anderes machte die Schule bald zur Hölle: Mit meiner Einschulung kam Adolf Hitler an die Macht. Unendliche Kolonnen mit blanken schwarzen Stiefeln marschierten durch unsere Straßen, Fahnenappelle, Fackelzüge, Militärmusik und schneidige Reden überall. Das sah ja noch gut aus und hörte sich toll an. Oft sind wir hinterhergelaufen, um die vielen Uniformen zu sehen.

Aber sehr bald kam es zu Übergriffen in unserem als Judenviertel verrufenen Stadtteil am Grindel.

Das kann man nur verstehen, wenn man weiß, welche Ziele der ‚Führer' verfolgte. Und da gibt es wieder einen gewaltigen Unter-

schied zwischen dir und mir: Ich musste sein wirres Zeugs lesen, und du durftest es nicht. Streng genommen darf ich dir erst jetzt aus seiner Staatsbibel ‚Mein Kampf' vorlesen, weil das Buch bei euch 70 Jahre lang verboten war. Dabei staubt es sicher noch auf den Dachböden einiger eurer Opis herum.

Am meisten hat mich die Stelle gekränkt, wo Hitler den Juden an allem Bösen der Welt die Schuld gibt und ungefähr sagt:

„Gab es denn da eine Schamlosigkeit, an der nicht wenigstens ein Jude beteiligt gewesen war? Sowie man nur vorsichtig in eine solche Geschwulst hineinschnitt, fand man, wie die Made im faulenden Leibe, oft ganz geblendet vom plötzlichen Lichte, ein Jüdlein."

Okay, auch wenn du kein Jude bist, findest du den Vergleich eines Menschen mit einer Made hoffentlich abartig, oder? Und wie verbohrt muss man sein, um so einem primitiven Kerl auf den Leim zu gehen? Das ist das Rätsel, das bisher keiner wirklich lösen konnte...

Hitler hatte seinen Rassenwahn zur Staatsideologie erhoben. Danach gab es die arischen ‚Herrenrassen', zu denen natürlich alle aufrechten Deutschen zählten, und die nicht-arischen ‚Untermenschen' wie Juden und ‚Zigeuner', die sich heimtückisch in das auserwählte Volk des Führers geschlichen hatten, um das ‚deutsche Blut zu besudeln'.

1935 wurden die Nürnberger Gesetze erlassen. Sie verboten unter Androhung von Zuchthausstrafe ‚Mischehen zwischen arischen und nicht-arischen Rassen'. Bestehende ‚Mischehen' galten als nichtig – wenn sich der ‚arische' Partner trennen wollte.

‚Mischehen' führten in unserer Familie mein Großonkel Julius und mein Vetter Herbert Asser mit ihren ‚arischen' Frauen.

Während Herbert zum Christentum übergetreten war, wurde Julius'

Frau Emma ja Jüdin. Da wieherte nun der braune Amtsschimmel: Herberts Mutter Emma wurde zur ‚Geltungsjüdin' und ihr Sohn Herbert zum ‚privilegierten Juden' erklärt. Das ‚Privileg' gab zumindest Herbert das Quäntchen Vorteil, das einem Juden im Dritten Reich zu überleben helfen konnte.

Zurück zu den Horden mit und ohne Uniform: Sie drangen in Geschäfte der Juden ein, demolierten die Auslagen und beschmierten die Schaufenster mit Nazi-Parolen wie ‚kauft nicht bei Juden', ‚Juden raus' und ähnlich blöde Sprüche.

Mein Vater war als selbstständiger Versicherungsmakler wohl nicht sehr erfolgreich, denn er wurde in der jüdischen Gemeinde auch als Totengräber beschäftigt.

Opa Cäsar hatte vor allem dank seines tüchtigen Schwiegersohnes Fritz Cohen den Produktenhandel wieder ordentlich in Schwung gebracht. Die beiden Geschäftspartner waren so erfolgreich, dass sie einen gebrauchten Opel anschaffen konnten!

Der Wagen wurde noch mit einer Drehkurbel angelassen: Man glühte die Zündspule vor und steckte dann die schwere Eisenkurbel von vorn zwischen den Vorderrädern in eine Steckverbindung zum Motor. Mit Muskelkraft drehte man dann so schnell wie möglich. Der Motor hustete und orgelte anfangs unwirsch, dann plötzlich sprang er an und lief wie eine Nähmaschine!

Wie, du erschauerst gar nicht vor Ehrfurcht?

Ich bitte dich: Ein Auto zu der Zeit war fast so geil wie ein Privat-Hubschrauber heute! Manchmal nahmen mich Opa oder Onkel Fritz mit – natürlich ohne euren Schnickschnack wie Gurt oder Airbag. Ich saß auf dem Mittelplatz der durchgehenden Sitzbank, und damit ich besser ausgucken konnte, schob mir Opa seine Aktentasche unter den Hintern. Das war mal ein Fahrgefühl, vor allem, wenn man lässig Klassenkameraden auf dem Gehweg grüßen konnte – dagegen ist dein Hubschrauber nix, sag ich dir...

Aber der Erfolg war uns nicht lang vergönnt. Schon im April 1935 wurde Fritz von 7 SA-Männern auf offener Straße zusammengeschlagen. Er war 10 Tage bettlägerig und 1 Monat arbeitsunfähig. Einige Zeit später kam der dicke Siegfried Schröder mit seinem bulligen Kumpanen Knut im Schlepp zu meinem Großvater auf den Betriebshof geschlendert. Betont gelassen schob Schröder die Eisenflügel der Toreinfahrt auf und ging auf Opa zu. Die beiden waren lange Jahre Nachbarn gewesen, und Schröder hatte sich häufiger über mein Feuermal mokiert. Der dicke Schröder, der keinen Beruf erlernt hatte, hatte nun endlich eine Karriere bei der Partei und der SS gemacht. Er baute sich in seiner schicken Uniform vor dem Opel auf und verlangte den Autoschlüssel. Unvermittelt schlug der SS-Schröder meinem Großvater ins Gesicht, „weil du so jüdisch aussiehst!"

Knut zischte Onkel Fritz an: „Du hast dich ja von unserem letzten Treffen wieder ganz gut erholt, was? Und jetzt her mit dem Schlüssel!"

Onkel Fritz händigte den Schlüssel aus. Schröder beugte sich in das Auto und gab die Anlasserkurbel an seinen Begleiter heraus. Knut schlug ohne Zögern mit der schweren Kurbel auf Onkel Fritz ein, bis er zu Boden ging. Schröder sah das Schauspiel wohlgefällig an und grinste: „Ja der Knut tut gut, wa?"

Dann setzten sich die beiden Nazis in das Auto und befahlen, den Motor anzuschmeißen. Onkel Fritz rappelte sich auf und beteuerte, dass der Tank leer war. Da gab es noch einmal eine Tracht Prügel und dann den Befehl: „Schieben!"

So ließen sich die beiden Uniformierten von den geprügelten und schlammverschmierten Juden unter beifälligem Gelächter der Passanten durch die Straßen bis zur nächsten Polizeiwache schieben.

Der PKW wurde beschlagnahmt, Opa und Onkel Fritz sahen ihr Automobil nie wieder.

Schröder, du Blöder, wenn ich dir ein paar Jahre später begegnet wäre, dann hätte ich dir die Kurbel nochmal kreuzweise durch deine Fresse gezogen! Oder noch besser: Ich hätte sie dir in dein blödes Maul geschoben und so lange gekurbelt, bis dein bräsiges Kleinhirn Funken gesprüht hätte...

Na gut, meine Schwester Lissy würde sagen, mit Gewaltfantasien löst man keine Konflikte. Außerdem wäre es sowieso etwas zu viel verlangt, dass man so 'ne trübe Sturmstaffel-Birne jemals hätte zum Glühen bringen können...

Nalles Kopf glüht, als er aufwacht. Was für'n Mist man träumen kann, wenn man sich mit der Vergangenheit der eigenen Familie beschäftigt! Aber was er zu dem Thema in der Schule lernt, ist geradezu lächerlich! Blick aufs Handy: *„23:30 Uhr: Bin gleich am Dammtor! Kuss, Mama"*

Nalle bekommt ein schlechtes Gewissen. Er hat die SMS nach dem Einschlafen nicht mehr gehört. Er horcht, ob die Kaffeemaschine gurgelt und schnauft. Ja, es geht ihr gut, dann muss Rebecca auch schon wieder im Bad sein.

Als Nalle endlich ins Bad kann, kontrolliert er erst einmal sein Gesicht. Nalle dreht den Kopf nach links und sieht noch einmal genauer in den Spiegel: Nein, kein Feuermal auf der rechten Gesichtshälfte. Warte mal, Kurts Feuermal war links! Nalle kontrolliert auch die linke Seite und stellt erleichtert fest, dass alles schier ist. Scheiß-Albtraum!

Dr. Eckmann-Scholz öffnet die schwere Milchglastür und tritt in den leeren Salon. Hinter einer Zeitung taucht Herr Brandecker auf und sieht den Notar erstaunt an. „Herr Doktor, Sie waren aber lange nicht da – wieder Façon?"

Der Notar nickt nur wortlos und setzt sich auf den mittleren Frisierstuhl, auf dem er immer sitzt und den Herr Brandecker offenbar bevorzugt. Der Frisör legt dem Kunden ein Krepppapier um den Hals, breitet einen Umhang über dem Notar aus und knotet ihn recht fest um den Hals. Herr Brandecker arbeitet im Sitzen mit großer Brille auf spitzer Nase, tastet sich fragend an den Kunden heran. Er benutzt zwei verschiedene Scherapparate mit unterschiedlichem Brummton und wechselt zusätzlich mehrfach den Kammaufsatz. Ohne sich umzudrehen sagt er zu seiner Frau, die mit offenen Haaren aus den hinteren Räumen lautlos herangetreten ist: „Gib mal den Nackenputzer". Mit einem eitlen Lächeln erzählt er Frau Brandecker etwas lauter als nötig, dass ihn gestern die Frau Müller vom Buchladen im Dammtorbahnhof für einen Professor gehalten habe.

Frau Brandecker verschwindet wieder nach hinten, eine elektrische Zahnbürste ist zu hören. Wenig später kommt sie mit einem Webpelz bekleidet unter dem schlohweißen geflochtenen Zopf in den Salon. In ihrem Einkaufskorb hat sie klirrendes Leergut. In den Spiegeln an den gegenüberliegenden Wänden gehen sieben schweigende Frauen mit Webpelzen aus dem Salon.

„Das Winterhaar fällt." Er nimmt eine spitze Schere und schneidet mit Daumen und Mittelfinger vor den Wimpern in schnellen Schlägen. „Wann waren Sie zuletzt hier?" – „Vor drei Monaten." – „Woanders geht man so aus dem Salon, wie Sie hereinkommen." Der Scheitel sinkt zwei Zentimeter tiefer, die feuchten Locken klatschen gegen die beginnende Glatze.

Hinter dem Notar wird ein Plakat zur Schiele-Ausstellung „Verbotene Bilder" zweimal gespiegelt, sodass er es gut lesen kann. Darauf ist eine vampartige Frau mit schwarzer Kurzhaarfrisur und bunter Stola in lasziver Haltung zu sehen.

Bestimmt hat der Rosenstein es wieder geschafft, eins seiner Bilder als anonymer Mäzen dazwischen zu mogeln – und diesmal sogar im Bucerius-Haus! Angebot schafft Nachfrage, und eine geschickte Recherche potentieller Kaufinteressenten bei den Ausstellern ermöglicht die diskrete Kontaktaufnahme mit dem anonymen Anbieter. Auf diese Weise hatte schon der alte Samuel Rosenstein viele Gemälde verscherbelt und mit den Einnahmen die verschiedenen Organisa- tionen seines Reichsbundes finanziert...

Zwei Spiegel weiter hängt eine Kohlezeichnung, die den Frisör als jugendlichen Liebhaber porträtiert. Ein Student kommt herein: „Sorry, hab's Samstag nicht mehr geschafft. Kann ich jetzt kommen?" – „Ich seh mal nach."

Der Frisör unterbricht seine Arbeit und geht zum Bestellbuch, blättert, grübelt, wägt ab. „In einer halben Stunde" – „Gut, dann komm ich wieder." Der Student öffnet die Tür, lässt sie aber gleich wieder zuschwingen. „Na, dann kann ich auch gleich hier warten". Er setzt sich und zieht eine Zeitschrift aus dem Korb unter der Kasse.

Der schmale Quast vor dem Spiegel kommt zum Einsatz. „So, jetzt noch ausrasieren, dann haben Sie's wieder geschafft, Herr Doktor!" Der Frisör geht in die hinteren Räume des Salons. Man hört ihn etwas eingießen und trinken. Er plätschert noch etwas herum und kommt mit einem alkoholgetränkten Wattebausch zurück. Herr Brandecker reibt mit der Watte die Schläfen des Notars, umrundet die Ohren und fährt den Nacken entlang. Der Bausch hinterlässt eine kühle Spur auf der Haut.

Der zu enge Knoten am Hals und die Kreppkrause werden entfernt, Dr. Eckmann-Scholz holt hörbar Luft. Das Rasiermesser klappt auf und eine Hand umspannt die frischgeputzte Kalotte. Der Stahl setzt sanft auf und zieht breitseits nach unten. Die Alkoholspur wird jetzt heiß. Die Hand senkt den Kopf nach vorn. Unwillkürlich denkt der Kunde an eine Hinrichtung durch das Schwert. Eine Gänsehaut folgt der Klinge über den Nacken. Nach und nach wechselt die Kühle der Haut in eine alarmierende Hitze. Als der Umhang fällt und der Kunde vor dem Meister her zur Kasse trottet, fühlt er sich in Brand gesetzt. Die Tür wird aufgestoßen und Krümel platzt herein. Er fixiert den Frisör und sagt: „Ich geh schon mal durch!"

Krümel verschwindet grußlos im hinteren Zimmer und lässt sich dort in einen Sessel plumpsen. Man hört sehr deutlich einen langen Furz aus dem Hinterzimmer. Der Frisör zuckt entschuldigend mit den Schultern und lächelt den Notar an: „Tja, so sind die jungen Leute!" Dr. Eckmann-Scholz weiß sehr genau, was Krümel vorhat: Er ist von den Mitgliedern der ‚Bloody Traces' zum Road Captain ernannt worden und darf nun bei den Ausfahrten der Gang als Erster vorausfahren. Heute will er sich deshalb noch kunstvoll die 18 in den Nacken tätowieren lassen, nachdem auf beiden Seiten seines kahlen Schädels schon die stark verschnörkelte 88 prangt. Die Ziffern stehen für ihre Reihenfolge im Alphabet – 88 für HH oder Heil Hitler, 18 für Adolf Hitler. Nur die Vorstandsmitglieder der ‚Bloody Traces' dürfen die Zahlen-Tattoos des RDB tragen. Und fast alle Rocker lassen sich im Hinterzimmer von Brandecker an der Moorweide 18 tätowieren.

Der Notar zahlt die verlangte Summe, wirft ein paar Münzen in das Sparschein für die Kaffeekasse und flieht mit glühendem Nacken durch die schwere Tür nach draußen.

„Nehmen Sie noch einen Flyer der Bucerius-Ausstellung mit!" winkt ihm der selbstverliebte Professor für Frisier- und Tätowiertechnik hinterher.

Am frühen Abend nimmt der Mann in der schwarzen Lederkluft mit stahlblauem Bruststreifen das Gas etwas zurück und lässt die Lucie langsamer rollen. Nicht, dass er wegen des einsetzenden

Nieselregens vorsichtiger wird, sondern, weil er in Gedanken ist. Er liebt seine Lucie, der er einen großen Teil seiner Freizeit widmet. Heute ist der zwölfte Mai, und zwölf Jahre hat er sie schon, aber sie blitzt und blinkt wie gerade aus dem Werk in Louisiana angeliefert. Seine „Ultra Classic" hat einen Echtledersitz mit hochgezogener Lehne. Vom polierten Kotflügel des Vorderrades starrt ein bronzener Adlerkopf auf die Straße. An jedem der beiden Auspuffrohre blitzt eine Chromfinne, unter der breiten Armatur leuchtet das Display der Stereoanlage.

Lucie war der letzte Anlass für die Trennung von seiner zweiten Frau. Lucie war auch Schuld daran, dass er seit mehreren Jahren Vorsitzender der HDCH, der ‚Harley-Davidson-Connection Hamburg' ist. Jahr für Jahr im Mai hielt der Club im Garten-Café des Stadtparks seine Mitgliederversammlung ab. Wie in jedem Karnickelverein mussten hier über Anträge, Änderungen und Mitgliedsbeiträge Beschlüsse gefasst werden, die er als Fachmann zu aller Zufriedenheit unanfechtbar formulierte und protokollierte. Dank seiner Routine konnte der offizielle Teil meist innerhalb einer Stunde erledigt werden, sodass genügend Zeit für die Bewunderung der einzelnen Maschinen und für einen regen Tauschhandel von Ersatzteilen blieb. Jahr für Jahr war er einstimmig im Amt bestätigt worden.

Der Mann mit dem verspiegelten Integralhelm bekleidet Dutzende von Ämtern, aber der HDCH-Vorsitz hat ihm bisher die meisten nützlichen Verbindungen eingebracht. Die Mitglieder sind fast alle über Vierzig und gut betuchte Manager, Kaufleute, Banker oder Immobilienmakler. Ein Bezirks-Schornsteinfeger und ein Pfarrer einer Innenstadtgemeinde sind besonders wichtige Informationsquellen der Grundstücksverhältnisse und bevorstehender Veränderungen. Auch Dr. Schmidt vom Stadtplanungsbüro lässt sich gut aushorchen, zumal er gern ein Bierchen nach dem Clubtreffen akzeptiert. Auf diesem Beziehungsklavier versteht der Vorsitzende hervorragend zu spielen.

Selbstverständlich war er mit Leichtigkeit der Bitte des weniger elitären BMW-Zweirad-Verbandes nachgekommen, eine entsprechende Vereinssatzung auszuarbeiten. Dort hatte er auch Krümel kennengelernt. Der BMW-ZV hatte versucht, die Rockergang auszuschließen. Mithilfe der neuen Satzung von Dr. Eckmann-Scholz war es auch gelungen.

Der Notar hatte es in verschiedenen Gesprächen mit den aufmüpfigen Rockern geschafft, ihnen die Niederlage als großen Sieg zu verkaufen und ihnen angeboten, bei der Gründung eines eigenen Motorrad-Chapters kostenlos behilflich zu sein. Bei den „Bloody Traces MC" sitzt nun Krümel als Treasurer im Präsidium. Und wenn der Dicke nicht mehr weiter weiß, wendet er sich an seinen promovierten Freund in der Kanzlei Moorweide 18.

Für dessen Ratschläge zeigt sich Krümel wiederum erkenntlich und erledigt kleine Unannehmlichkeiten, die etwas außerhalb der für den Notar unabdingbaren Legalität liegen.

Meist handelt es sich um mehr oder weniger grobe Sachbeschädigungen, die unwilligen Verkäufern die Lust an ihren geliebten Immobilien nehmen. Gelegentlich muss Krümel auch einmal zu einer fahrlässigen Körperverletzung greifen, wenn der Grundeigentümer partout nicht das Kaufangebot akzeptieren will. Der Notar kauft natürlich nie selbst, sondern besiegelt nur den Kaufvertrag. Wenn dann – meist ganz überraschend für alle Kreditgeber – dem Käufer mangels Masse die Pleite droht, übernimmt Dr. Eckmann-Scholz als Rechtsbeistand der Rationalen Darlehnsbank die Immobilie kurz nach dem Kauf oder aus der Konkursmasse. Oft genug ist vor allen anderen Bankhäusern die RDB als Gläubiger an erster Stelle beteiligt, wenn die Immobilien weit unter Preis verscherbelt werden müssen.

Selbstlos übernimmt der Notar so manche Immobilie für die RDB und verkauft sie bald darauf mit bewundernswert sicherem Instinkt zu einem angemessenen Preis.

Niemandem ist bisher aufgefallen, dass Eckmann-Scholz überzufällig häufig Grundstücke besitzt, die die Stadt für die Erschließung von Industriegebieten und Verkehrstrassen dringend erwerben muss. Seine Nase für gute Vertragsabschlüsse imponiert wiederum den Bauspekulanten, die ihn nicht nur wegen seines seriösen Berufsstandes, sondern auch wegen seiner offensichtlich profunden Sachkenntnis schätzen.

So profitieren die RDB und der Notar gemeinsam von Dr. Eckmanns Geschäften, was wiederum den Beziehungen zwischen Herrn Rosenstein und der im selben Haus residierenden Kanzlei guttut.

Dr. Eckmann-Scholz hätte dank der satten Provisionen reich und glücklich sein können, wenn er nicht seine zwei geschiedenen Ehen mit der stolzen Zahl von fünf Kindern hinter sich und dieses Laster vor sich hätte: die Spielbank in Travemünde.

Sie zieht ihn an wie ein Magnet. Kaum weiß er das Geld einer geglückten Transaktion auf seinem Konto, muss er mit Lucie auf die Autobahn. Manchmal hat er seinen Einsatz mit einem ordentlichen Gewinn nach Hause gebracht, aber leider häufiger schon alles in Travemünde verloren. Heute aber, das spürt er deutlich, heute ist sein Tag!

Lucie macht einen Satz nach vorn und prescht im Blindflug durch die Spraywolken zweier Lastwagen. Dann blinkt sie und biegt in die Ausfahrt ab.

Dr. Eckmann-Scholz parkt Lucie am Seiteneingang des Casinos. Aus dem kleinen Kofferraum seiner Harley zieht er ein nachtblaues Jackett. Er schlüpft aus seiner Lederkluft und legt sie sorgfältig in den Kofferraum, dann klappt er den kleinen Deckel zu und schließt den Helm mit dem Ringschloss an das Hinterrad. Im Rückspiegel richtet er seine Bernstein-Fliege auf dem gelben Kragen.

Schon als armer Student hatte Eckmann immer eine Seiden-Fliege getragen. Als er in einer Zwischenprüfung durchfiel, hatte ein Prüfer sich zu allem Überfluss auch noch über seine traurig hängende Fliege lustig gemacht. Seitdem trägt Eckmann fast nur noch Fliegen aus starren Materialien. Er hat eine Sammlung von über fünfzig an der Innenseite seiner Kleiderschranktür montiert. Wie große Insekten hängen dort aufgespießt Fliegen aus bemaltem Holz, Glas, Kunststoff, Gitterdraht, zusammengelöteten Münzen, glasiertem Ton und eben auch seine Lieblingsfliege aus echtem Bernstein.

Eckmann hat sie selbst aus Stücken geschnitzt, die seine Großmutter bei der Flucht über die Ostsee im Fischerboot ihres Vaters in einem schimmeligen Leinenbeutel mitgebracht hatte. Der Fischer hatte nach dem Krieg ihre gesamte Habe auf das Boot geschafft, und die Familie hatte nachts die Kurische Nehrung für immer verlassen. Eckmann hatte lange gebraucht, bis diese Halsbinde seinen Vorstellungen entsprach: Sie hat richtige Schnürfurchen unter dem Knoten und ist nur anpoliert, so dass die milchige Maserung des Bernsteins erhalten geblieben ist. Wie alle seine Propeller hat die Bernsteinfliege zwei winzige Gürtelschnallen auf der Innenseite, mit denen sie an ein Gummiband angeschlossen wird, sodass sie stets absolut waagerecht sitzt.

Eckmann lässt das Gold des Meeres mit einem leichten Schnippen des Fingers erzittern und stellt befriedigt den perfekten Sitz fest: Die glänzende Fliege wird ihm Glück bringen – und heute, am 12. Mai, ist seine Glückszahl die Zwölf!

Er schließt mit ruhigen Bewegungen das Jackett über den Jeans. Dann schreitet er über den Kiesweg zum Haupteingang.

Der Notar hält lässig eine kleine Plastikkarte hoch und grüßt den Portier wie einen alten Bekannten. Der hebt die Augenbrauen belustigt und deutet mit der Hand an den Kragen: „Bonsoir, Monsieur – très élégant!"

Der Notar wendet sich an die grauhaarige Dame hinter einer Panzerglasscheibe und schiebt ein Bündel großer Scheine in die Zahlmulde. „Guten Abend, Herr Doktor!" Er erwidert ihren Blick mit einem abwesenden Lächeln. Seine Fingerspitzen trommeln leicht auf die Marmorplatte der kleinen Kassenkabine. Routiniert zählt die Kassiererin mehrere bunte Reihen Plastikscheiben vor und schiebt sie dem Kunden herüber. „Ich wünsche Ihnen einen erfolgreichen Abend, Herr Doktor!" Mit einer leichten Verbeugung wendet sich der Notar ab und schreitet auf eine weit offene Flügeltür zu. Ein gedämpftes Raunen dringt zu ihm heraus. Unwillkürlich beschleunigt sich sein Schritt. Sobald er in den Saal eingetreten ist, werden die Schritte nicht nur durch den dicken roten Veloursteppich gedämpft. Alle seine Bewegungen verlangsamen sich.

Eckmann nimmt Witterung auf: Im goldverzierten Kuppelsaal schwebt ein Dunst aus würzigem Zigarrenrauch, dem weichen Aroma von Malz-Whisky und die fruchtige Note edler Parfüme. Wie lange hat er diese Atmosphäre vermisst? Seine Augen verengen sich. Er schnuppert die Luft und horcht angestrengt. Mit allen Sinnen nimmt er die Stimmung auf. Oft erinnert ihn das Treiben in den Sälen und Gängen an einen Bienenschwarm, der emsig, aber geordnet seinen Geschäften nachgeht.

Doch heute liegt eine knisternde Spannung in der Luft. Eine große Traube von festlich gekleideten Leuten umlagert den Tisch Nummer 3. Man hört die Menschen gleichzeitig die Luft anhalten, als der Croupier Hugo mit scharfer Betonung sagt: „Rièn ne vas plus!"

Der Notar kann die weiße Kugel noch nicht sehen, die entgegen der Rotation des Kessels rast. Er hört, wie sie erst einmal, kurz darauf wieder und bald immer häufiger gegen eines der Trapeze in ihrer Umlaufbahn prallt, an Fahrt verliert und schließlich in einer Spiralbewegung immer näher an die roten und schwarzen Zahlenfelder gerät. Jetzt erhascht er einen Blick auf den Kessel. Wie ein Fisch an der Angel zuckt die Kugel plötzlich in die Gegenrichtung, springt wieder ein Stück hinauf zum Rand der sich drehenden Schale, fällt kraftlos zurück und lässt sich von der Kesselbewegung mitreißen, bis sie endlich in eines der Zahlenfelder kullert.

„Douze" verkündet der französische Croupier mit sonorer Stimme. Da macht sich ein Laut bemerkbar. Er schwillt an und schwingt immer höher. Der Schrei reißt einen Mann mit grauem Schnauzer und weißem Dinnerjacket mit sich. Der Mann reckt die Fäuste zur bemalten Kuppel des Saales empor und schließt die Augen. Es ist nur eine unverständliche Silbe, ein Urschrei, der sich dem alten Körper entringt, aber er steckt alle Umstehenden an: Ein ungläubiges Raunen geht um den Tisch, angesichts des Turms bunter Scheiben auf dem Feld der Zwölf überschlagen sich die Vorhersagen des Gewinnes.

„Bitte bewahren Sie Ruhe, mein Herr!" Hugo ermahnt den Schnauzer mit einer leichten Berührung seines Rechenstiels. Diskret nähert sich ein Angestellter des Hauses dem glücklichen Gewinner und legt ihm die Hand auf die Schulter. „Mein Herr, bitte bleiben Sie ruhig!", verleiht er Hugos Wunsch Nachdruck. Der Alte fängt sich wieder. Er öffnet die Augen, blickt von seinem Geldturm auf dem Spielfeld hinauf zur Zahlenanzeige über dem Tisch, wo die Zwölf aufgeregt blinkt, und zurück zu Hugo. Der Croupier greift mit beiden Händen in die Jetonmagazine und häuft die riesige Gewinnsumme vor sich auf. Dann schiebt er mit dem Rechen ein ganzes Rudel Plastiktürme dem Alten zu.

Der Herr mit dem Schnauzer greift eine Handvoll Jetons und wirft sie dem Croupier am Ende des Spieltisches zu: „Für die Angestellten!" ruft er mit überschlagender Stimme. Er rafft das Plastikgeld in seine Taschen, die die Menge kaum fassen können. „Für die Angestellten!" wiederholt er, während der Diskrete hinter ihm den Stuhl zu Seite schiebt, ohne die Schulter loszulassen. Die beiden steuern durch eine Gasse hinaus in den Vorraum, wo sie von der freundlichen grauhaarigen Dame hinter dem Panzerglas neugierig erwartet werden.

Der Notar greift nach dem Stuhl und setzt sich auf den Platz des Gewinners. Ein zufriedenes Lächeln huscht über sein Gesicht. Welch ein Omen, auf diesem Platz zu sitzen, auf dem die Zwölf gewonnen hat! Hugo hat seine Ankunft registriert und nickt ihm kaum merklich zu. Der Croupier wirft den Kessel entgegen der letzten Laufrichtung wieder an. Er greift zur Kugel und schnipst sie auf ihren Weg. Zwei, drei Spiele vergehen, bis Dr. Eckmann-Scholz mit der Linken über seine Nase streicht. Hugo weiß, er wird jetzt setzen. Der Notar setzt auf „rouge". Er verliert und setzt auf „noir". Fast erleichtert nimmt er seinen Gewinn entgegen und wendet sich an den gegenüberliegenden Tisch. Er setzt und verliert, setzt noch einmal und verliert wieder, setzt hektischer und streicht aufatmend seinen Gewinn ein.

Knapp zwei Stunden später wirbelt die alte Dame mit einem kleinen Aufschrei herum, als sie von hinten angerempelt wird. Ein Mittvierziger mit fliegenden Locken und einem derangierten Schnauzbart springt zwischen den Tischen hin und her. Kaum liegt die Kugel, wendet er sich entsetzt ab und verfolgt die andere Roulettekugel. Die Bernsteinfliege hängt in einer losen Schlaufe um den Hals, das Hemd steht offen, Schweiß perlt von der Stirn, die Augen sind angstvoll geweitet. Die Croupiers verfolgen seine Spiele mit zunehmender Besorgnis.

Endlich behält Hugo die Kugel fest in der Faust und bittet den Spieler, eine Pause einzulegen. „Spiel!" schreit der auf wie ein verwundetes Tier. Mit einem leichten Schulterzucken gibt Hugo das Spielfeld frei. Dr. Eckmann-Scholz ringt mit sich: Zwölf oder Achtzehn? Zweimal die Zwölf am selben Abend? A. H. Er sieht Krümels kahles Hinterhaupt vor sich, auf dem die frische 18 leuchtet. Der Notar wispert fast lautlos: „Adolf, hilf!"

Während der Kessel in Bewegung gesetzt wird, stapelt er hastig seine letzten Jetons auf die Achtzehn: „Rièn ne vas plus!"

Die Kugel rollt in der rotierenden Schale und nach einem endlos scheinenden Kreiseln klackert sie unentschlossen über die Mulden, streift die Achtzehn, verfängt sich kurz in der Zwölf und bleibt schließlich in der Null liegen.

„Zero" konstatiert Hugo am Kopf des Tisches mit fester Stimme. Die Spielbank hat gewonnen. Seine Kollegen zu beiden Seiten und am Fuß des Tisches raken mit ihren Plexiglasrechen die vielen bunten Scheiben vom grünen Spielfeld wie welkes Laub vom Rasen.
„Es ist aus! Es ist vorbei!"
Dr. Eckmann-Scholz macht einen geschlagenen Eindruck. Der Diskrete steht schon hinter ihm und geleitet den Spieler zum Ausgang. Der Portier verfolgt die beiden mit traurigem Blick. Als Dr. Eckstein ihn passiert, deutet der Portier mit einer kurzen Bewegung auf seinen eigenen Hals, um den Notar auf die lose Fliege aufmerksam zu machen. Dr. Eckstein missdeutet die Geste als Halsabschneiden, er spürt das Rasiermesser des Professors über den Hals fahren und greift sich an den Kehlkopf.
Während er die Freitreppe vor dem Casino hinunterstolpert, klackert etwas auf den Stufen. Die Bernsteinfliege splittert in tausend Stücke und knirscht unter seinen Sohlen. Mit hängenden Schultern und gramgebeugt schleppt Dr. Eckmann-Scholz sich zu seiner Lucie. Er murmelt unentwegt vor sich hin, und es ist nicht auszumachen, ob er nur zu sich oder zu seiner Maschine spricht. Kurz darauf jagt er mit ohrenbetäubendem Blubbern über den nassen Kies, dass die Steine in großen Garben über den Weg schießen. Einmal leuchtet kurz das Bremslicht auf, dann haben Nacht und Nebel den Schatten verschlungen.

Die Rätsel der Moorweide

Fang nicht schon wieder an, so verächtlich zu gucken! Was sagst du denn zu deiner Oma? Ach so, sehr geistreich, aber du hast ja auch nur eine einzige Oma.

Also, von meiner einen Oma habe ich schon gesprochen, die bildschöne Frau vom krunkeligen Opa Cäsar. Die hieß bei uns Oma Fanny. Die andere Oma hieß Bertha Fernich. Denk doch mit, das war natürlich die Mutter meiner Mutter. Mein Opa Fernich war als Marinesoldat noch in den letzten Tagen des I. Weltkrieges gefallen. Das war schlimm für die Oma. Sie war nun Witwe und musste ihre halb- wüchsige Tochter Jenny und sich allein durchbringen. Dann passierte der Unfall: Ganz in Gedanken hatte sie hinter einer Straßenbahn die Straße überqueren wollen und dabei die im Gegenverkehr heranrau- schende Tram übersehen. Sie überlebte schwerverletzt, aber ihr rechtes Bein war von der Hüfte an taub, und der rechte Fuß musste amputiert werden. Sie lernte an Krücken Laufen, aber arbeiten konnte sie so kaum noch. Meine Mutter musste viele Pflichten im Haushalt übernehmen und fühlte sich für ihre Mutter auch verantwortlich, als sie meinen Vater 1926 heiratete. Blitzmerker: Natürlich war ich da schon unterwegs!

Aber ihren Namen hat Oma Flunki sich selbst gegeben: Denn sie war ziemlich kugelrund geworden und verglich sich augenzwinkernd mit einer Kegelrobbe. Deshalb sprach sie von ihrem „Flunken". Wenn Oma Flunki kochte – und das konnte sie wirklich gut! – dann lehnte sie in der Küche an einer Art Barhocker. So sah sie mein Vater bei seinem ersten Besuch. Er konnte sehr charmant sein und verglich sie auf ihrem Hocker mit einer Nixe. Das tat ihr gut, und die beiden mochten sich von Anfang an.

Mit dem Alter wurde sie immer unbeweglicher auf ihren Krücken, sodass meine Eltern beschlossen, sie mit in unsere Notunterkunft aufzunehmen. Okay, ich sehe schon, dass du wieder nicht raffst, was das mit meinem Verschwinden zu tun haben soll. Hitler betrieb die "Entjudung der Wirtschaft". Das hieß, dass schon bald nach der Machtergreifung jüdische Ärzte und Rechtsanwälte ihre Zulassungen abgeben mussten, jüdische Beamte und Professoren ihre Stellen verloren, jüdische Handwerker ihre Meisterbriefe zurückgeben, jüdische Betriebe an arische Deutsche abgegeben werden mussten. Es war eine staatlich angeordnete Verarmung.

In der Pogromnacht am 9. November 1938 war ja mit der Synagoge auch unsere Wohnung ausgebrannt und schon eine Woche später wurde – von einem Tag auf den anderen – allen jüdischen Kindern verboten, allgemeinbildende deutsche Schulen zu besuchen: „Denn es versteht sich von selbst, dass es deutschen Schülern unerträglich ist, mit Juden in einem Klassenraum zu sitzen."

Wir verschwanden einfach aus den Klassen, egal, wie gut wir waren. Natürlich haben wir unsere Klassenkameraden nachmittags auf der Straße getroffen, aber keiner wollte mehr mit uns reden. Wer weiß, was die Lehrer über uns Juden erzählt hatten! Dann verbot ein weiteres Gesetz, überhaupt Wohnungen an Juden zu vermieten. Nun waren die Betroffenen mittellos und wohnungslos. Wir hatten mit unserer Wohnung nicht nur unsere Nachbarn, sondern auf Dauer auch alle Freunde verloren: Wir wurden gezielt sozial isoliert. So, und jetzt bist du dran mit deiner Fantasie: Wovon sollten all diese Leute nun leben? Sozialhilfe gab es für sie nicht, Wohnraum auch nicht. Die einzigen, die helfen konnten, waren die jüdischen Gemeinden. Die Familien wurden in Gebäude der Gemeinde, sogar in die ausgebrannten Synagogen, eingewiesen. Der Staat nannte diese Unterkünfte „Judenhäuser" und zwang die Gemeinden dazu, immer mehr Menschen in den knappen Räumen zusammenzupferchen. Etwa alle paar Monate mussten wir wieder und wieder umziehen, bis keiner der ehemaligen Bekannten mehr raffte, wo wir eigentlich abgeblieben waren.

Nächste Frage: Wenn die Gemeinden keine Abgaben mehr von ihren Mitgliedern bekamen, weil sie selbst keine Einkünfte mehr hatten – wie lange konnten die Gemeinden noch unterstützen? Siehste!

Die Gemeinden bemühten sich um Ausreisepapiere für ihre Mitglieder. Eine Zeit lang spielte der Staat mit: Wer ausreisen wollte, musste ein Visum beantragen. Das wurde nur erteilt, wenn eine garantierte Aufnahmegenehmigung eines ausländischen Staates nachgewiesen werden konnte und ausreichend Devisen von ausländischen Organisationen an das Nazi-Regime flossen. Die wenigen Glücklichen, die Asyl und finanzielle Unterstützung im Ausland fanden, mussten sämtliches Hab und Gut zurücklassen und zusätzlich eine „Auswandererabgabe" an den Nazi-Staat zahlen.

Tatsächlich überlegten auch meine Eltern, Ausreiseanträge zu stellen. Aber weil Oma Flunki auf keinen Fall mit ihrer Behinderung hätte mitreisen können, verzichteten sie auf die letzte Chance der Familie. Die drei Musketiere und Frontveteranen Julius, Cäsar und Hermann fühlten sich als Großväter zu betagt, um in einem fremden Land noch einmal Fuß fassen zu können. Sie beschlossen, mit ihren Frauen im Nazi-Deutschland auszuharren und keine Fluchtversuche zu machen. Sie meinten, auch zu alt für die gezielte Verfolgung durch die Nazis

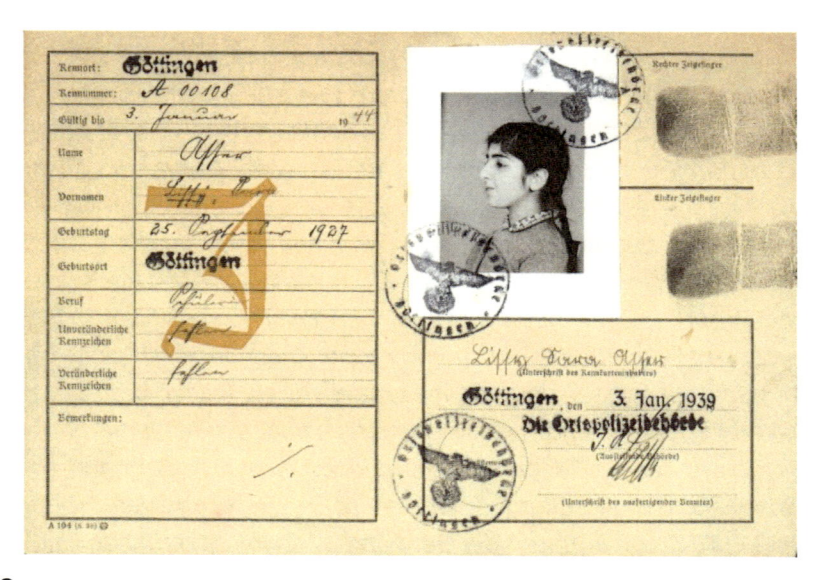

zu sein und hofften, auf natürliche Weise in ihrer Heimat sterben zu dürfen. Solange wollten sie sich zu dritt gegenseitig beistehen, getreu ihres lebenslangen Mottos: „Einer für alle, alle für einen!"

Onkel Fritz und Tante Erna Cohen, Opa Cäsars Geschäftspartner, waren nach den wiederholten Prügelattacken auf Cäsar und Fritz und der Zwangsschließung ihres Betriebes entschlossen, doch zu fliehen. Mit viel Glück – und ich glaube auch mit Davids grafischen Fähigkeiten, du kennst ja schon eine seiner Tiefdruckplatten für verschiedene Formulare – konnten sie nach Mittelamerika entkommen:
  Verschwunden, aber immerhin nicht spurlos...

Kurz darauf wurden die schon länger mit einem riesigen ‚J' abgestempelten Pässe aller Juden eingezogen. Wir erhielten sogenannte Judenkennkarten und mussten zu unseren Vornamen mit dem Zwangsnamen Sarah bzw. Israel unterschreiben.
  Das glaubst du nicht? Dann guck mal hier – ich hab sie mir schon mal aus meinem Koffer geholt, wenn du erlaubst!

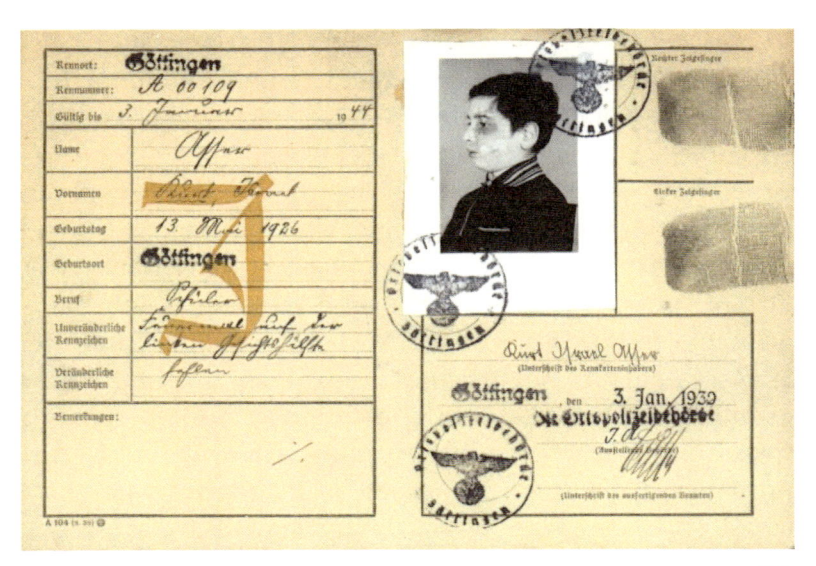

Hätten die Behörden-Heinis nicht wenigstens in meinem Fall mal ein Foto vom rechten Profil erlauben können? Aber nein! Sie bestanden verdammt noch mal darauf, dass auf Passfotos das Profil immer von links abgebildet werden musste: „Jetzt nimm endlich die Mütze ab und mach das linke Ohr frei, Bengel!"

Wenn du genau hinguckst, kannst du mein Scheiß-Feuermal sogar auf dem Schwarzweißfoto erkennen. Und damit auch der letzte braune Schnarchbolzen es nicht verpasst, mich bei einer der vielen Kontrollen wiederzuerkennen, haben sie extra notiert: ‚unveränderliche Kennzeichen: Feuermal auf der linken Gesichtshälfte'...

Mit dem endgültigen Einzug der Pässe gab es keine Ausreisemöglichkeiten aus dem Nazi-Reich mehr für Juden: Wir saßen in der Falle und wurden wie durch eine riesige Reuse in immer vollere Judenhäuser in immer neuen Stadtteilen gejagt, bis alle Juden so dicht gepackt aufeinander saßen, dass wir uns fast nicht mehr bewegen konnten: Nun begann das Abschöpfen!

Steve wird immer stiller und in sich gekehrter, seit er vor fast zwei Wochen den Koffer gefunden hat. Selbst Houchang findet ihn verändert. Steve steht mit hängendem Kopf auf dem Schulhof herum. „Hast du Probleme?" – „Ne, nicht wirklich." – „Also, denk dran, heute 15 Uhr am Nordeingang!"

Steve hätte es fast vergessen. Heute soll doch die „Hamburg City Cross Competition down and up" stattfinden. Seine Stimmung bessert sich etwas. Wenn er noch nach Hause will, um sich entsprechend umzuziehen, wird es knapp. Houchang und Kofi haben schon alles dabei. Nach Schulschluss flitzt Steve in die Moorweide 18, reißt sich das Zeug vom Leib und zieht seine besonders coolen Competition-Klamotten an: Das kanariengelbe Muskelshirt, die orange-blauen Shorts, die festen Laufschuhe und natürlich Cap und Sonnenbrille. Wichtig ist, dass er in der

Menge – und vielleicht auch auf den Überwachungskameras der Tunnel-Gruftis? – gut zu erkennen ist – und schließlich soll das Zielfoto, das Judith in Steinwerder schießen will, auch eindrucksvoll werden!

Um 15 Uhr versammelt sich ein Rudel grell gekleideter Sportler vor dem Nordeingang des Elbtunnels. Ohne erkennbare Ursache stürzen sie plötzlich alle gleichzeitig mit Gejohle die Treppen des Tunnels hinunter, rasen durch die Tunnelröhre, dass die wenigen Autos im Tunnel bremsen müssen und die vielen Touristen sich ängstlich an die gefliesten Wände drücken.

Der Krach schwillt in der engen Röhre ohrenbetäubend an, wabert den Läufern dumpf voraus und zieht in einer langen hochfrequenten Fahne hinter ihnen her. Das Feld zieht sich auf den Treppen im Südausgang schon deutlich in die Länge.

Vor dem Tunneleingang in Steinwerder thront Judith auf einem Verteilerkasten, das Gipsbein klopft fröhlich gegen die Blechtür und die Krücken liegen gekreuzt auf ihrem Schoß.

Kofi hat seiner Schwester sein neues Smartphone für die Zielaufnahme gegeben und ihr erklärt, wie sie den Zoom und die Gegenlichtfunktion nutzen kann.

Judith erhält die Start-SMS, und keine drei Minuten später hört sie schon das anschwellende Johlen aus der Tunnelröhre.

Tatsächlich stürmt Kofi als Erster mit erhobenen Händen und V-Zeichen aus der Halle, und gewissenhaft schießt sie eine ganze Fotoserie des Zieleinlaufs. Etwas unscharf und drei, vier Läufer hinter dem strahlenden Sieger erkennt man das kanariegelbe Shirt und die Sonnenbrille auf den Fotos.

Steve ist etwas enttäuscht von seinem Ergebnis und sowieso nicht gerade in Feierlaune. Nach kurzem Palaver mit den Freunden verabschiedet er sich und joggt durch den Tunnel zurück. Natürlich stellt ihn einer der Tunnelwächter am Nordeingang zur Rede: „Du warst doch auch dabei! Was sollte der Unsinn? Das war Verkehrsgefährdung und grober Unfug! Seht bloß zu, dass ihr hier wegkommt!"

Im Treppenhaus wartet der Notar schon auf Steve: „Hallo, Lönne, könntest du gleich einmal für mich eine Fahrt machen?" Steve ist ein wenig verpeilt und fragt irritiert: „Wie bitte?" – „Du hattest doch gesagt, du könntest für mich einmal einen Kurierdienst erledigen – passt es jetzt nicht?" – „Natürlich, sehr gern: Wo soll es hingehen?"

Der Notar bittet den verschwitzten Jungen in die Kanzlei.

Steve war noch nie in diesem Teil des Hauses gewesen und ist beeindruckt von den vielen Gemälden, die den Flur und den Empfang der Kanzlei zieren. Dr. Eckmann-Scholz verschwindet kurz in einem Raum und taucht mit einem Geigenkasten auf: „Es ist ein außergewöhnlich wertvolles Instrument, sei bitte sehr vorsichtig damit. Bring es zu Baron Reginald Ruefoucauld. Er erwartet dich im Hotel Atlantic, Suite 304. Gib es dem Baron auf jeden Fall persönlich! Er wird dir einen Umschlag überreichen, den du mir bitte ungeöffnet direkt in die Kanzlei bringst. Ich werde hier auf dich warten. Alles klar?"

Steve ist etwas verwirrt, aber nickt tapfer und nimmt das Instrument entgegen. „Fahr vorsichtig!"

Steve startet sofort mit seiner kostbaren Fracht. Er überquert die Alster auf der Kennedybrücke und trifft wenige Minuten später im Hotel Atlantic ein. Er ist noch nie in so einem großartigen Hotel gewesen und schwer beeindruckt. Steve schließt sein Rad an einen Laternenpfahl, grüßt freundlich den Portier und passiert den Haupteingang. In der weiten Halle wird er mit seinem schrillen Outfit und dem geschulterten Geigenkasten sofort gestellt: „Halt, wohin wollen Sie?" Ein schnauzbärtiger älterer Herr in Uniform hält Steve auf. „Ich möchte gern zu Baron Reginald Ruefoucauld, er wohnt im Zimmer 304."

Der Ältere mustert Steve scharf und entscheidet: „Öffnen Sie bitte das Etui." – „Welches Etui?" – „Bitte öffnen Sie den Geigenkasten!" – „Wie bitte? Das Instrument soll ich dem Baron persönlich aushändigen!" – „Das dürfen Sie auch, aber ich muss mich vergewissern, dass alles mit rechten Dingen zugeht."

Steve findet den Alten etwas pingelig, aber wenn es sein muss... Mit einem leichten Seufzer legt er den Kasten auf den Tresen und öffnet die Schnappschlösser. Er hebt den Deckel an und staunt. Der Portier hebt mit spitzen Fingern die Rolle aus dem Etui, linst wie durch ein Fernrohr hindurch und reicht sie Steve zurück. Als sei es ganz selbstverständlich, aufgerollte Bilder in Geigenkästen zu transportieren, sagt er gleichmütig: „Keine Waffen – vielen Dank, alles okay." Steve ist völlig konsterniert: Kein Instrument? Was erzählt der Notar denn da? Sanft legt er die Papierrolle wieder in den Kasten, schließt die Schlösser und will sich zum Gehen wenden.

„Einen Moment bitte! Pascal, würden Sie den jungen Herrn zur Suite 304 geleiten?" – „Ich finde das schon allein, vielen Dank!" Steve rennt die breite Treppe hinauf, und der Liftboy versucht, ihm zu folgen. Im dritten Stock lächelt Steve Pascal an: „Na, ein bisschen Fitness würde dir aber auch nicht schaden! Hast du Bock auf Crossrunning Competitions?"

Pascal ist zu kurzluftig, um zu antworten. Er lässt den Boten nicht aus den Augen, als Steve an die Tür 304 klopft. Fast augenblicklich wird die Tür geöffnet, und ein grauer Vollbart erscheint im Türspalt. Der Baron nimmt den Kasten schweigend entgegen und legt ihn auf das breite Hotelbett. Er prüft den Inhalt, geht zum Schrank, entnimmt ihm einen braunen Umschlag und reicht ihn Steve wortlos heraus. Bevor Steve etwas sagen kann, ist die Tür wieder geschlossen.

Die beiden Jungen rasen die Treppe hinunter, Steve grüßt kurz zum Abschied in Richtung Empfang und schließt sein Rad wieder auf. Kurz darauf ist er wieder in der Moorweide 18 angekommen. Als er beim Notar läutet, öffnet der selbst. Dr. Eckmann-Scholz nimmt den Umschlag entgegen, ohne nach dem Ablauf der Übergabe zu fragen, und gibt Steve ein großzügiges Trinkgeld.

Rebecca sitzt schon in ihrem Lieblingssessel mit einer Tasse Tee in der Hand und strahlt ihren Sohn einladend an: „Auch einen Tee, mein Kleiner?" Nalle ist mindestens einen Kopf größer als seine Mutter, aber er hat keine Einwände dagegen, ihr „Kleiner" zu sein – wenn sie allein sind. Wenn sie ihn wenigstens Steve statt Nalle nennen würde, dürfte sie auch öffentlich „Kleiner" zu ihm sagen. „Ja, was bietest du denn?" – „Heute habe ich mich mal für Jasmin entschieden."

Nalle geht in die Küche und holt sich etwas Kandis. Ohne Kandis könnte er Jasmintee mit heißem Wasser verwechseln. Er flenzt sich in seinen verschwitzten Sportklamotten aufs Sofa, kickt die feuchten Laufschuhe von den Füßen und legt sich der Länge lang hin. Er ist schon wieder gewachsen: Jetzt muss er sogar die Knie anziehen, um die Beine überhaupt noch auf dem Sofa unterbringen zu können...

„Wie geht es Judiths Fuß?" – „Glatter Bruch, aber er heilt wohl wieder gut zusammen. Judith hüpft schon wieder auf Krücken durch die Schule." – „Und wie war's in der Schule?" Nalle gähnt demonstrativ: „Wie immer – und wie war's im Archiv?"

„Spannend! Du wirst es nicht glauben, was ich in den letzten Tagen alles herausgefunden habe." Nalle horcht auf: „Na, leg schon los!" – „Nun mal langsam mit den wilden Pferden: Erst einmal muss ich dir noch ein paar bekannte Dinge in Erinnerung rufen. Du weißt, dass deine Urgroßmutter Louise eine geborene Asser war." – „ ... und ihr Vater war Julius, der Polsterer." – „Ja, woher weißt du denn das? Sie hat einen Architekten namens Arnold Ringlblum geheiratet. Die beiden hatten nur eine Tochter ..." - „ ...die Gertrude Ringlblum hieß und einen Erich Levy geheiratet hat." Nalle gähnt noch herzhafter: „Sehr spannend!"

„Wart's doch ab: Arnold war ein junger und ehrgeiziger Architekt. Er hat nach dem Ersten Weltkrieg für die ebenso jungen Bauherren Leopold Herzberg und Samuel Rosenstein dieses Haus auf den Fundamenten einer großen Villa einer aus Portugal stammenden jüdischen Reederfamilie konzipiert, die während des Krieges abgebrannt war. Die Herzbergs und vor allem die Rosensteins waren an der Hamburger Börse reich geworden und hatten die Ruine wegen der guten Lage gekauft.
Arnold plante eine moderne Zentralheizung und für jede Wohnung ein Vollbad. Die großzügige Eingangshalle mit dem verspielten Geländer der geschwungenen Treppe und der an den katalanischen Stil des Architekten Antoni Gaudí erinnernden schmiedeeisernen Fahrstuhlkonstruktion ist auch Arnolds Idee gewesen. Das Treppenhaus wirkt durch die sechszackige Glaskuppel so licht und freundlich, dass Arnold sogar einen Architekturpreis für den Entwurf erhalten hat.

Arnold hat sich mit dem Preisgeld an dem Bau finanziell engagiert, weil die beiden jüdischen Familien Ringlblum und Herzberg nicht nur verwandt, sondern auch eng befreundet waren." – „Und das heißt?" – „Familie Herzberg hat mit Einverständnis der Familie Rosenstein den Ringlblums und ihren Nachkommen – also uns – ein Nutzungsrecht für diese Wohnung auf 99 Jahre eingeräumt, vorausgesetzt, die Nebenkosten wie Heizkosten, Wasser- und Abwassergebühren werden pünktlich beglichen."

Nalle stutzt: Sie hatten die Wohnung vor fünf Jahren übernommen, als die demente Großmutter ins Pflegeheim verlegt werden musste.
„Moment, dann haben wir hier nur noch vier oder fünf Jahre Wohnrecht?"

„Tja, das ist das eine Problem. Das andere ist viel interessanter: Wer ist unser Vertragspartner? Die Herzbergs aus der Moorweide 18 sind sämtlich von den Nazis vernichtet worden, Fink war nur

Geschäftspartner von Leopold Herzberg, während Samuel Rosenstein wohl der Geldgeber war. Aber heute gilt sein Sohn Hermann Rosenstein als Eigentümer des Hauses." – „Das lässt sich doch wohl im Grundbuchamt klären, wer Eigentümer der Moorweide 18 ist."

„Ach, mein Kleiner ist ja so schlau! Ich habe natürlich um Amtshilfe gebeten. Das Haus gehört nicht Rosenstein, sondern dem RDB." – „Und wer ist der RDB?" – „Der Ring Deutscher Bienenzüchter e.V. von 1949, ihr Emblem ist eine Fackel und ihr Vorsitzender ist zwar Hermann Rosenstein, aber der ist gar kein Imker. Übrigens wurde er vom Verfassungsschutz schon mehrfach unter die Lupe genommen wegen nationalistischer Umtriebe."

„Das haut mich um: Wie kommt so ein Verein denn an eine ehemalige jüdische Villa?" – „Es kommt noch besser: Es gibt eine ganze Sammlung von RDBs: Riege Deutscher Bauern, Runde Deutscher Betriebswirte, Ring Deutscher Bierbrauer und natürlich die braune Partei ‚Reaktion Demokratischer Bürger' mit ihrem Vorsitzenden Dr. Adolf Meyer – alle RDBs außer der Partei sind eingetragene Vereine mit viel Grundbesitz oder Kapital, haben aber – ebenso wie die RDB-Partei – nur eine überschaubare Anzahl von Mitgliedern."

Steve wird deutlich aufmerksamer.

„Und nun kommt's: Samuel Rosenstein ist mit Sicherheit in einem Außenlager des Konzentrationslagers Auschwitz umgekommen. Es gibt nicht nur die eidesstattliche Erklärung eines überlebenden Mitgefangenen, sondern auch einen Eintrag in der SS-Sterbeliste des KZ mit Todestag 12. November 1943."

„Und wer ist der alte Rosenstein hier?" – „Mit Sicherheit nicht der Sohn unseres Musikverlegers Samuel Rosenstein, denn Hermann Rosenstein wurde ja erst am 2. Januar 1946 geboren. Als ich im letzten Dezember – warte, es muss der 4. Dezember gewesen sein – den Adventskranz an die Wohnungstür gehängt habe, hat der Rosenstein sich zum ersten Mal länger mit mir im Treppenhaus unterhalten. Er hatte wohl an den Weihnachtsbuden vor dem Bahnhof reichlich Glühwein genossen und war ziemlich redselig. Es war der Todestag seines Vaters, sagte er. Er sah mir beim Befestigen des Kranzes zu und erzählte von dem Frostwinter 1945/46, in dem seine Mutter ihn auf einer Matratze vor dem großen Ofen in unserem Keller gebären musste, weil die Leitungen der Heizungsanlage vom Frost zerborsten waren. Die Familie hätte da unten gekauert, weil es in der Wohnung vor Kälte nicht auszuhalten war. Es gab überhaupt kein Feuerholz mehr in der Stadt. Vater Samuel hätte wie alle anderen Männer Kohlen von den offenen Güterzügen geklaut, die durch den Dammtorbahnhof fuhren. Weil es nichts anderes mehr gab, hätten die Rosensteins alle Bücher im Haus, sogar alte Möbel und Einrichtungsgegenstände verbrannt, auch ein paar zerschlissene Streichinstrumente seien in den Ofen gewandert. Mutter Rosenstein ist übrigens bald nach Klein Hermanns Geburt an Tuberkulose gestorben."

Nalle kratzt sich am Ohr: „Wer ist jetzt wieder Klein Hermann?" – „Na, unser alter Nachbar Rosenstein hier!" – „Wie kann das alles sein? Was war denn hier in der Nazizeit passiert?" – „Das ist ja das Spannende, das ich dir eigentlich erzählen will!
   In diesem Haus befand sich das sogenannte RVH-Magazin, in dem die Wertsachen der deportierten Juden gesammelt wurden. Das Magazin wurde nach dem Krieg aufgelöst, aber die Privaträume der Familie Rosenstein wurden nicht angetastet. Denn Samuel Rosenstein stand schneller auf der Matte, als die deutsche Bürokratie sich berappeln konnte: Noch am Tag des Kriegsendes war Rosenstein wieder zu Hause ..." – „Hallo, ich denke, der war tot?"

Rebecca schenkt sich schmunzelnd Tee nach. „Für einen Historiker wärest du etwas zu ungeduldig.

Deine Urgroßeltern waren kurz vor Ankündigung ihrer Deportation bei Freunden in den Niederlanden untergetaucht und gehörten deshalb zu den wenigen jüdischen Überlebenden dieser Stadt. Sie machten nach dem Krieg ihre Ansprüche geltend und erhielten ein Jahr später vom Wohnungsamt die Genehmigung, wieder in ihre alte Wohnung einzuziehen. Mein Großvater Erich Levy hatte Samuel Rosenstein vor dem Krieg nur selten gesehen, aber der junge Witwer Rosenstein mit dem Kleinkind schien ihm immer fremd. Opa Erich hatte Mitleid mit den beiden, aber er war überzeugt, dass sein Vermieter Samuel Rosenstein jahrelang Schätze aus dem ehemaligen Magazin auf dem Schwarzmarkt verscherbelte.

Meine Großeltern hatten beim Wiedergutmachungsamt ..." – „Was ist das denn für ein Amt: kann man da was wieder gutmachen?"

„Nalle, bleib mal ein bisschen sachlich: Das Amt sollte Entschädigungen für die im Hitler-Deutschland Verfolgten festlegen und auszahlen. Antragsteller waren nicht nur Juden, die überlebt haben, sondern auch Regimegegner, Sinti und Roma. Also, die Großeltern hatten mehrere Jahre lang mit dem Wiedergutmachungsamt um den Wert ihrer Wohnungseinrichtung und ihrer Ersparnisse gestritten, die ihnen die Nazis genommen hatten. Da erhielten sie plötzlich einen Brief von einem Karl Lützen aus Lübeck.

Der Mann war im Magazin tätig gewesen und bot sich an, für sie auszusagen."

„Und hat er geholfen?"

„Nein, er ist bei seiner Anreise auf dem Dammtorbahnhof auf die Gleise gestürzt. Er war zwar kriegsversehrt und humpelte, aber der Zugführer war sicher, dass Lützen absichtlich von zwei Männern vor die gerade einfahrende S-Bahn gestoßen wurde. Sie wären aus dem Nichts aufgetaucht und ebenso schnell verschwunden. Die Sache wurde nie geklärt und später als ‚Personenschaden mit Todesfolge' zu den Akten gelegt. **Aber Karl Lützen hatte wohl etwas geahnt und vorgesorgt.**

Er war Studienrat in Lübeck gewesen und kinderlos. In seinem Testament hatte er nicht nur eine ordentliche Summe für ein Denkmal für die im Nazi-Regime Deportierten festgelegt, sondern auch ein schmales Dossier über die Existenz des RDB und seine Ziele verfasst. Das Geld hat die Stadt gern genommen, Lützens Ausführungen über den RDB jedoch nicht weiter verfolgt.

Übrigens ist Samuel Rosenstein nach seinem gewaltsamen Tod im Konzentrationslager am 12. November 1943 hier im Hause ein zweites Mal am 4. Dezember 1969 gestorben, allerdings eines natürlichen Todes – und wenigstens darin stimmen die Urkunden des Standesamtes und Hermann Rosensteins Weihnachts-Erzählung überein."

Nalle ist jetzt vollkommen verwirrt. Er bringt die leeren Teetassen in die Küche, dann kommt er noch einmal zurück und fragt mit einem Blick auf den siebenarmigen Leuchter auf der Anrichte: „Sag mal, sind wir eigentlich Juden?" – „Wir stammen von Juden ab, und als Erinnerung halte ich die Menora in Ehren, die meine Eltern nach dem Krieg bei einem Trödler gekauft haben. Ihre familieneigene Menora war natürlich von den Nazis eingeschmolzen worden.

Aber Jude ist man nicht, sondern wird man. Das hat schon Hitler nicht begriffen. Also: ich habe mich evangelisch taufen und konfirmieren lassen. Ich bin keine Jüdin, sondern Protestantin. Und dich habe ich auch taufen lassen, aber zur Konfirmation konntest du dich nicht entschließen. Woran du glauben willst, musst du selbst entscheiden – du kannst Jude oder Christ sein, oder du konvertierst zum Islam oder glaubst gar nichts: Die Freiheit hast du in unserem Land!" – „Aha, gut, dass wir das noch mal klarstellen konnten." Nalle muss an Kofis Sprüche über die drei Wege zu dem einen Gott denken. Es werden ihm zu viele Möglichkeiten. Nalle will sich gerade ins Bad verziehen, da hält Rebecca ihn zurück:

„Nalle, da ist noch etwas, das ich mit dir besprechen möchte."
Nalle setzt sich seufzend wieder auf das Sofa.

„Nalle, ich habe da jemanden kennengelernt – er heißt Enno Jacobsen. Enno ist ein Rundfunkjournalist, der am vorletzten Wochenende die Feierlichkeiten in Danzig kommentiert hat – hast du das Interview mit mir gehört?" – „Ne, ich steh nicht so auf dein Kulturradio, ich höre meistens N-Joy..."

„Also schön, wir haben uns jedenfalls sehr gut verstanden und sind auch gemeinsam mit der Bahn zurückgekommen." – „Aha, und nun?" – „Nun hat er mich eingeladen, mit ihm in eine andere alte Hansestadt zu fahren. Er hat ein Projekt in Amsterdam. Wir wollen über Pfingsten mit der Bahn hinfahren, vielleicht blühen ja noch die Tulpen. Ich werde Überstunden abbummeln und erst Dienstagnachmittag wiederkommen – 17:35 Uhr sind wir wieder am Dammtor. Glaubst du, du kannst Pfingsten allein hierbleiben, ohne wilde Partys zu veranstalten und irgendwelche Koffer zu finden? Vielleicht laden dich die Grobecks ja zum Essen ein. Apropos, ich habe mir gedacht, ich würde euch, also Enno und dich, gern miteinander bei ‚Don Giovanni' bekanntmachen – ich hatte dir ja sowieso noch ein Essen versprochen. Vielleicht holst du uns am Bahnsteig ab, und wir gehen direkt zu den Asfarams ins Restaurant?"

Nalle ist etwas überrascht. Er freut sich, dass seine Mutter endlich einen Freund gefunden hat. Aber muss es denn ausgerechnet so'n vorlauter Radio-Fuzzi sein? Und außerdem findet er es gut, dass er mal wieder ein paar Tage für sich hat, wenn sie verreist. Eigentlich wollte er seiner Mutter nach dem Duschen noch von seiner Kurierfahrt zum Atlantic Hotel erzählen, aber das könnte Rebecca beunruhigen und von ihren Reiseplänen abbringen.

Morgen könnte er mit Mirhats neuem Computerspiel ‚Hunting the night' weiterspielen und vielleicht endlich mal das Level 5 schaffen. Sonntag will Kofi seinen Freunden den neuen Parcours „Downunder" vorstellen. Und für Montag wird ihm schon was einfallen – notfalls spielt er wieder Computer. Den Schilftag wird er sowieso mit den Freunden verbringen. „Passt es dir nicht? Ich kann auch hierbleiben..." – „Nein, alles super, ich freue mich für dich, äh, für euch. Natürlich kann ich mich allein ernähren, wenn du mir ein bisschen Haushaltsgeld hierlässt. Ich hab sowieso einiges vor über Pfingsten."

„Na, dann ist ja alles gut!" Rebecca klingt erleichtert, und Nalle geht endlich zum Duschen ins Bad.

Aber Nalle will noch einmal los, um mit Houchang über die Kurierfahrt und Rebeccas Entdeckungen zu sprechen. Als er frisch geduscht im Wohnzimmer erscheint, setzt er sich nicht wieder, sondern sagt: „Ich bin bei Houchangs ‚Hamburg City Cross Competition down and up' heute Nachmittag nur Vierter geworden. Ich glaube, Houchang ist etwas enttäuscht, weil ich gleich abgehauen bin, ohne mit ihm und den anderen zu feiern. Ich will nochmal ins ‚Don Giovanni' und mich entschuldigen. Außerdem könnten wir uns schon mal für die nächsten Tage verabreden. Ich komme aber gleich wieder!"

Mit einem Seufzer lässt Rebecca ihn ziehen: „Ich dachte, wir machen es uns heute etwas gemütlich." – „Ich komm wirklich gleich zurück!" Mit einem Kuss auf ihre Stirn verabschiedet sich Nalle und läuft zum Dammtorbahnhof.

Houchang ist nachdenklich, als Steve ihm von Rebeccas Nachforschungen berichtet. „Ihr meint, der kauzige Rosenstein ist gar nicht der Sohn vom Musikverleger? Wer soll er denn sonst sein?" – „Ich weiß es nicht. Er hat nur selten Besuch oder Kundschaft, höchstens mal den Dr. Eckmann-Scholz. Rosenstein lebt ganz allein in der riesigen Dachwohnung und geht fast nie aus. Als wir eingezogen sind, haben meine Mutter und ich einmal bei ihm geläutet, um uns vorzustellen. Er hat uns nicht einmal reingelassen! Es sah auch ziemlich unordentlich in seiner Wohnung aus – aber die Wände waren mit Gemälden geradezu gepflastert." – „Das meinst du, dass der einsam ist! Heute hat er gerade einen Tisch für Sonntagmittag bestellt: Sieben Personen!" – „Houchang, ihr müsst ihn im Auge behalten: Immerhin soll er ein Rechtsradikaler sein und er hat offenbar Verbindungen zur RDB-Partei. Was sind das für Leute, mit denen er sich trifft? Ich glaube, das könnte auch alles mit den Fälscher-Sachen im Koffer zu tun haben."

„Na, das ist ja wohl ein bisschen lange her – aber versprochen: Ich kriege schon raus, mit wem er sich trifft und was die vorhaben!"

Das Pfingst-Treffen

Hallo, Nalle, erschrick nicht! Ich bin's – Lissy, Kurts Schwester. Nett, dich einmal kennenzulernen. Kurt hat Recht: Ich habe Opas große Nase und Ohren geerbt, aber ich bin ziemlich stolz auf mein kräftiges Haar. Früher hatte ich zwei Zöpfe an den Seiten – manchmal wurden die Spitzen wieder über den Ohren befestigt – Affenschaukeln nannten wir das – oder zu einem Kranz geflochten. Aber dann sah man meine großen Ohren so überdeutlich. Die Affenschaukeln wurden mir sowieso zu kindlich und außerdem waren sie die typische Haarmode im ‚Bund Deutscher Mädchen'. Nun trage ich einen dicken geflochtenen Einzelzopf hinten – schick, nicht wahr?

Mein Bruder lässt sich entschuldigen, er wollte mal mit deinem Longboard los und auch euren „Up and Down Course" im Elbtunnel ausprobieren. Wir sind früher häufig im Elbtunnel gewesen, weil er im Gegensatz zu den Elbfähren kostenlos benutzt werden konnte. Er meinte, ich könnte dir die Geschichte ja auch erzählen. Und das mache ich gern für ihn, denn Kurt ist zwar ein wenig ruppig im Auftreten, aber immer ein fürsorglicher Bruder gewesen. Stell dir vor, er hat mir sogar meine etwas unhandliche Bratsche zum Sammelplatz hier unten vor eurem Haus getragen – und er hätte sich fast noch mit den SS-Leuten geschlagen, die unsere Taschen nach Wertgegenständen durchsucht und uns das ‚überzählige Gepäck' abgenommen haben. Natürlich mussten wir alle unsere Musikinstrumente abgeben, und es waren einige Mitglieder unseres früheren Schulorchesters dabei!

Aber jetzt greife ich ein bisschen vor. Denn drei Jahre früher gab es unverhofft doch noch eine allerletzte Chance zumindest für Kurt und mich: die Kindertransporte. Englische und niederländische Juden hatten mit der englischen Regierung und dem Nazi-Regime ge-

schickt ein Zeitfenster ausgehandelt, in dem jüdische Kinder bis zum 17. Lebensjahr das Dritte Reich verlassen durften, wenn englische Juden für ihre Transport- und Lebenshaltungskosten garantierten und eine Pflegefamilie in Großbritannien nachgewiesen werden konnte. Die gnädige Ausnahmegenehmigung war an strenge Auflagen gebunden: Für jedes Kind erhielten die Nazis 50 Englische Pfund – das wäre heute also eine Summe von etwa 1500 Euro pro Nase. Okay, für ein lebendes Kind ist es wohl nicht zu teuer bezahlt, oder?

Natürlich durften die Kinder keine Wertsachen mitnehmen, sondern nur einen Koffer, eine Tasche und zehn Reichsmark. Auch Spielsachen und Bücher waren verboten und nur die Mitnahme einer einzigen Fotografie erlaubt. Jeder Reisegruppe wurde eine Liste als Blockvisum ausgestellt, das hieß, jedes Kind bekam nur ein Pappschild mit einer Nummer angeheftet. Und das bedeutete, wer sein Pappschild oder den Anschluss an die Gruppe verlor, war selbst verloren!

Und natürlich war es den Eltern verboten, ihre Kinder zum Bahnhof zu begleiten: Bloß kein Geheul vor den anderen Reisenden bitte!

Der Engpass war die Pflegefamilie. In ihrer Verzweiflung annoncierten unsere Eltern in den englischen Zeitungen etwa folgendes – ich sag es dir auf Deutsch:

„Welche großmütige Familie übernimmt in der heutigen harten Zeit die Sorge für unsere Kinder oder adoptiert sie? Ihr Vater ist Kaufmann und als Jude in Deutschland jetzt arbeitslos. Die zwei Kinder sind 11 und 13 Jahre alt und vollkommen gesund. Die Eltern wären glücklich, die Kinder in einer jüdischen gläubigen Familie zu wissen."

Klingt ein bisschen nach „stubenreine Kätzchen in liebevolle Hände abzugeben", oder nicht?

Es hätte auch fast geklappt: Familie Webber aus Lincolnshire meldete sich bei unseren Eltern und bat um Fotos und nähere Angaben zu uns Kindern. Leider hatten unsere Eltern in ihrem freudigen Antwortschreiben Kurts Sturge-Weber-Syndrom als harmlose Anomalie erwähnt – und das war es dann: Familie Webber nahm höflich Abstand von der Idee, Kurt und mich zu übernehmen, und der letzte Kindertransport verließ im August 1939 den Hamburger Hauptbahnhof – ohne uns.

Wir wissen, dass ihr auch die Druckvorlage mit der Auswanderergenehmigung gefunden habt. Wir waren ziemlich oft bei unserer Tante Louise hier in der Moorweide 18, sie hat mir Geigenunterricht erteilt. Manchmal hat sie mir bei Herrn Herzberg im Musikverlag Partituren besorgt – meist nur leihweise, aber einige durfte ich auch behalten. Louise Asser war die einzige Frau im Symphonieorchester, erhielt aber als Jüdin Berufsverbot. Deshalb arbeitete sie als private Geigenlehrerin. Sie sagte immer, ich hätte das absolute Gehör. Und für mich war Musik immer das Wichtigste im Leben – nach meinem Glauben.

Als es schien, dass Kurt und ich vielleicht mit den Kindertransporten entkommen könnten, schenkte sie mir ihre Bratsche: „Wenn du in England darauf spielst, denk bitte an mich!"

Da wussten weder Tante Louise noch ich, dass ich nie ausreisen würde und ich die Bratsche auf keinen Fall hätte mitnehmen dürfen. Kurt hatte wenig Lust zu musizieren, er hatte sich während der Zeit mit David angefreundet, der in der Druckerei des Musikverlags im Keller arbeitete. David hatte die Platte heimlich erstellt in der Hoffnung, es würde doch noch ein allerletzter Zug für uns eingesetzt. Aber das Zeitfenster schloss mit einem Knall, als am 1. September 1939 der II. Weltkrieg losbrach – und es öffnete sich nie wieder.

Steve blinzelt etwas in die Sonne. Er überlegt, welcher Tag heute ist. Rebecca hat sich gestern Morgen verabschiedet und war pünktlich zum Dammtorbahnhof gegangen. Dienstagnachmittag würde sie wiederkommen – mit dem Herrn vom Rundfunk, der auch schon in Danzig über die Feierlichkeiten berichtet hatte. Jacobsen – Arne Jacobsen? Nein, Enno. Enno Jacobsen.

Steve hat jedenfalls abgespeichert, dass er bis Dienstagnachmittag sturmfreie Bude hat. Das belebt ihn. Er war sich mit den Grobeck-Geschwistern schnell einig gewesen, dass sie zusammen die Tage verbringen wollen, aber nicht bei Kofis und Judiths Eltern, den Grobecks, sondern in der Moorweide 18.

Heute will Steve mit Kofi den neuen Parcours checken, um 10 Uhr sind sie an der Alster verabredet. Houchang hat sich abgemeldet, weil er mit seinem Bruder Hafiz den Dienst im ‚Don Giovanni' getauscht hat, um die Rosenstein-Verabredung zu überwachen. Und Judith hatte ihrer Freundin versprochen, ihr die süßen kleinen Löwenbabys zu zeigen. Die beiden wollen sich am Tierpark-Eingang einen Rollstuhl für Judith leihen. Sie würde später in die Moorweide 18 kommen, wenn auch Houchang seinen Dienst beendet hat.

Kofi zeigt Steve an der Alster den Einstieg in das Sielsystem. Diesmal haben sie Stirnlampen und Kreide mitgenommen. Kofi führt Steve in seine Technik der kombinierten Navigation mit Stadtplan und eingeschränktem GPS unter Tage ein, dann waten sie durch das Labyrinth bis zu der großen Halle, in der Kofi letztes Mal umgekehrt war. Steve zählt die Schritte, peilt mit dem Kompass, überlegt und rechnet. Dann malt er einen Pfeil mit Kreide an die Backsteinmauer in Richtung Moorweide. „Lass uns mal einen Abstecher zu mir nach Hause machen – es kann nicht weit sein." Steves Stimme hallt durch die Röhre, ein Echo kommt zurück.

Nach etwa hundert Metern halten sie inne. Sie müssen jetzt fast bei Steve unter der Moorweide sein! Mal sehen, ob das sein

Versorgungsrohr ist: Hier ist die Tunnelwand deutlich weniger gut erhalten, und Geröll verlegt die Röhre hüfthoch. Kofi klettert über den Schutt und arbeitet sich nun als erster durch das etwas engere System. Plötzlich stoppt er erschrocken, als er vor sich im Schacht einen Turm großer Kästen erkennt: Ganz deutlich strahlt im Lichtkegel die weiße Schrift auf den Kisten: „Munition – Explosionsgefahr!"

Steve folgt seinem Freund auf dem Fuß und Kofi zwängt sich in dem engen Schacht am Kistenturm entlang die Eisensprossen aufwärts. Er braucht viel mehr Kraft, als er erwartet hat, den Gullydeckel anzuheben. Dabei rieselt ihm eine Menge Erde auf den Kopf und in den Nacken. Endlich gelingt es ihm, den Deckel soweit zu liften, dass er ihn etwas zur Seite schieben kann. Der Gully ist in einem kleinen Beet eingewachsen. Kofi streckt den Kopf hinaus und kann es kaum glauben: Er guckt direkt auf Steves Gartentür! Der Schacht endet mitten im Garten vom alten Rosenstein, in den keiner rein darf. Steve drängt sich hinter Kofi die Leiter hinauf und staunt nicht schlecht über die bekannte Aussicht. Kofi öffnet vorsichtig den obersten Kistendeckel. Vor Schreck fällt er fast von der Leiter, als er fein eingewickelt in Fettpapier ein halbes Dutzend Handgranaten und mehrere Pistolen entdeckt. Die Jungen sind fassungslos, aber rühren die Waffen nicht an. Ganz sacht schließt Kofi den Deckel wieder. Wer legt denn ein Waffendepot in Rosensteins Garten an? Sie fegen mit den Händen die Erdkrümel und Wurzelreste aus der Gullyfassung und rücken die gusseiserne Scheibe wieder an ihren Platz. Langsam waten sie durch die Röhren in Richtung Alster. Kofi sagt nachdenklich nach hinten gewandt: „Steve, bei euch stimmt was nicht. Erst der Fälscher im Keller und nun die Waffen im Garten: Was geht bei euch eigentlich ab?"

Steve schleicht ratlos hinter seinem Freund her und zuckt im Dunkeln mit den Schultern. Die beiden beschließen, sich mit Houchang zu besprechen und laufen jetzt fast den Weg zur Alster zurück.

Bei ‚Don Giovanni' ist allerdings der Teufel los, und Houchang steht voll unter Strom. Steve muss es trotzdem loswerden: „Houchang, wir haben ein Waffenlager bei mir im Garten entdeckt!"

Houchang kann das auch nicht mehr erschüttern. Mit leichtem Kopfnicken in Richtung auf den Bahnhofsvorplatz flüstert er: „Ich glaub, der Rosenstein hat tatsächlich den Ober-Nazi von den Wahlplakaten der RDB-Partei eingeladen: Dr. Meyer persönlich!"

Steve und Kofi folgen seinem Blick und sehen den Spitzenkandidaten der RDB in einem lebhaften Gespräch mit einer blonden Dame vor der Pizzeria stehen.

„Dass diese Nazis sich ausgerechnet in unserem italienischen Restaurant treffen müssen! Ich will erst mal den Auftritt der Bande hier checken, Mirhat hilft mir. Wir kommen nachher zu eurem Waffenlager in die Moorweide, dann können wir das Ganze noch einmal in Ruhe besprechen!"

Kofi und Steve verdrücken sich durch die Eingangstür der Pizzeria, wo sie noch einen verstohlenen Blick auf den Kandidaten und seine Begleiterin werfen, und kehren in die Moorweide 18 zurück.

Mirhat nickt zustimmend, und Houchang ist zufrieden. Die Posten sind verteilt: Mirhat arbeitet hinter dem Oleander am Tresen mit Blick auf den großen reservierten Tisch in der Nische. Houchang übernimmt die Bedienung der Gesellschaft und hat sich nahe dem Eingang aufgebaut.

Kurz vor 12 Uhr öffnet der Kandidat, der von den vielen Wahlplakaten um den Bahnhof strahlt, mit verkniffenem Gesicht in Begleitung der schlanken, mittelalten blonden Dame mit Dutt die Tür zur Pizzeria und fragt etwas irritiert nach dem Tisch von Herrn Rosenstein. Mit einer Verbeugung geleitet Houchang das Paar an den bestellten Tisch.

Nur eine Minute später erscheint Herr Rosenstein selbst in der

Pizzeria und steuert ohne Umschweife auf das Ehepaar Meyer zu. Die Herren begrüßen einander förmlich, und Herr Dr. Meyer stellt Herrn Rosenstein seiner Begleitung als Samuels Sohn und Chef der Rationalen Darlehnsbank vor.

Herr Rosenstein lernt Frau Irene Meyer kennen – „mit großem Vergnügen", wie er versichert, aber nicht vermittelt. Das Gespräch verläuft schleppend und Mirhat übt schon einmal. Frau Meyer sitzt unter dem großen Wandspiegel, in dem Mirhat das Gesicht von Herrn Rosenstein studieren kann.

Hinter dem Oleander setzt Mirhat die höflichen Floskeln der beiden in Gesten um und signalisiert sie so an seinen kleinen Bruder am Restauranteingang. Houchang ist zufrieden, es scheint zu klappen.

Nach und nach kommen noch zwei weitere Herren mit kleineren Pilotenkoffern in die Pizzeria und werden von Houchang zu der Gesellschaft geleitet. Zwei Plätze bleiben frei, als Herr Dr. Meyer die Runde noch einmal begrüßt. Mirhat kann dem Redner nicht folgen, weil er seitlich sitzt, und poliert an einem Weinglas, bis es spiegelt. „Vielen Dank, lieber Adolf, für die einführenden Worte. Wie Sie wissen, trifft sich der Vorstand alle 5 Jahre in diesen Räumen. Früher waren es noch die ‚Altdeutschen Bauernstuben', jetzt ist es – nun ja – ein fremdländisches Lokal.

Ich möchte hiermit die 14. Sitzung des Reichsbundes eröffnen und mich als neue Vorstandsvorsitzende erst einmal vorstellen...", erfährt Houchang durch die Gebärden seines großen Bruders. Nachdem Mirhat bei einigen Begriffen wie ‚oberste Ordnungsbehörde', ‚Vollzugsdienst' und ‚Lobbyarbeit' optisch passen muss und die Worte auf eine Serviette kritzelt, kann er wenigstens einige Male das vereinbarte Symbol für die RDB-Partei – Daumen und Ringfingerspitze der linken Hand berühren sich – an Houchang weitergeben.

Jetzt informiert Mirhat Houchang über Rosensteins Erwiderung:

Nach seiner Meinung schramme die RDB-Partei schon lange an der Pleite entlang, ihre Buchführung müsse haarsträubend sein und dringend optimiert werden, um nicht länger die Aufmerksamkeit des Fiskus zu erregen.

Houchang stutzt bei Mirhats Interpretation von Holz und Kohle – wahrscheinlich meint er, Hermann Rosensteins Vater Samuel sei aus ganz anderem Holz gewesen und habe noch richtig Kohle gemacht. Mirhat wird zunehmend fahrig und unsicher bei seinem Dolmetschen und versteht wohl schließlich nur noch Bahnhof: Jetzt kommt schon irgendetwas mit blauen Pferden!

Houchang wird es zu bunt. Er schaltet sein Smartphone auf lautlos und aktiviert das Diktierprogramm. Dann schlägt er das Handy in eine Serviette ein, bettet alles in einen kleinen Brotkorb und packt unnötig viele Scheiben Baguette hinein. Der junge Kellner schreitet mit einem Schälchen Knoblauchbutter, einem offenen Fläschchen Olivenöl und einem kleinen Besteckteller zum Versammlungstisch, an dem eine angespannte Stimmung herrscht.

„Signora e Signori, darf ich Ihnen unsere Knoblauchbutter empfehlen?" Ohne abzuwarten, platziert Houchang den Brotkorb mittig und stellt Butter, Öl und Besteck daneben ab. „Erwarten Sie noch weitere Gäste?" – „Nein, wir sind vollzählig" antwortet Frau Meyer. „Haben Sie bereits gewählt oder soll ich erst einmal Getränke bringen?"

Im weiteren Verlauf des Treffens kommt Houchang noch einige Male an den Tisch, um zu servieren. Jedes Mal verstummt das Gespräch, bis er wieder gegangen ist. „Das Brot und die Butter können Sie auch wieder mitnehmen, junger Mann!" – „Ja, ich komme gleich zurück!"

Houchang vermeidet es auch bei seinem weiteren Auftragen, den Brotkorb abzuholen. Er räumt aber um den Korb herum alles andere Störende ab, bis endlich Herr Rosenstein winkt: „Bitte die Rechnung, junger Mann!"

Auf dem Tisch vor Frau Meyers Platz liegen mehrere Entwürfe eines Flyers der RDB-Partei. Houchang fackelt nicht lange: Er fegt mit dem Brotkorb das Fläschchen Olivenöl um, das sich prompt über die Flyer ergießt. Ein unwilliger Aufschrei von Frau Meyer ist zu hören – „Passen Sie doch auf!" – weil einige Tropfen auch den Saum ihres Rockes benetzt haben.

„Scusate la mia goffaggine, Signora!" Houchang beeilt sich, mit einer Serviette erst den Rocksaum und danach die Flyer zu trocknen; ihm rutschen dabei zwei Exemplare in den Brotkorb.

Nachdem Herr Rosenstein bezahlt hat – „Alles zusammen, bitte, und ich brauche eine Rechnung" – verlassen die Gäste in loser Reihenfolge das Lokal. Als alle gegangen sind, tröstet Houchang den niedergeschlagenen und schwitzenden Mirhat. Houchang zeigt seinem Bruder den präparierten Brotkorb und die ölgetränkten Flyer, und Mirhat freut sich wie ein Schneekönig: Doch noch alles gut gegangen!

Nach Schichtwechsel zieht Houchang den Mitschnitt auf einen Stick und informiert seinen Bruder über das Waffendepot in Steves Garten. Auch Mirhat ist mit der Arbeit fertig. Er will nicht nur wissen, was die anderen zu ihrem Lauschangriff sagen werden, sondern möchte auch den geheimnisvollen Koffer und das Waffenversteck sehen. Die beiden Brüder machen sich mit den erbeuteten Flyern und dem Stick auf den Weg in die Moorweide 18. Dort ist Judith mit ihren Krücken schon eingetroffen und über den Waffenfund informiert worden.

Möglichst leise steigen die Freunde in den Keller und Steve schließt die Gartentür auf. Kofi und Mirhat wuchten den Gullydeckel zur Seite und Steve leuchtet mit einer Taschenlampe in den Schacht. Wieder warnt im Lichtkegel die weiße Schrift auf den Kisten: „Munition – Explosionsgefahr!"

Behutsam öffnet Kofi den obersten Kistendeckel und alle betrachten die Pistolen und Handgranaten schweigend. Kofi schließt die Kiste lautlos, dann schieben Mirhat und er den Gullydeckel wieder an seinen Platz. Steve verteilt mit dem Fuß ein wenig lockere Erde auf dem eisernen Deckel und die Gruppe schleicht zurück in die Levy-Wohnung.

Steve holt für Mirhat den alten Koffer und den Tomatenmark-Abdruck unter seinem Bett hervor. Steve legt beides auf den Tisch und Mirhat liest den roten Text. Dann will er den Koffer öffnen. Das rechte Schloss schnappt sofort auf, aber das linke klemmt und springt nicht auf.

Mirhat hilft mit der kleinen Klinge seines Kellnermessers nach und justiert das linke Schloss. So ein ähnliches Schloss hat er schon einmal gesehen. Mirhat probiert noch einige Male, es zu schließen und wieder zu öffnen. Endlich hat er den Mechanismus soweit gängig, dass er kaum noch hakt. Während Mirhat an den Verschlüssen arbeitet, steigen Erinnerungen in ihm auf.

Die anderen versammeln sich alle am Esstisch. Steve startet Houchangs Mitschnitt des RDB-Treffens auf seinem Tablet.

Die armselige Kleidung, die Druckvorlage, die Pässe und die Stempel lassen Mirhat an die Flucht seiner eigenen Familie aus Persien denken. Als Kind hat er immer wieder geträumt, in ein schwarzes Loch zu stürzen:

Es ist Nacht und kalt und stockfinster. Mirhat sitzt in eine Decke gehüllt an seine Mutter gekuschelt auf einem Maultier. Er halluziniert im Halbschlaf Geräusche – den Muezzin, der zum Gebet ruft, blökende Schafe und schreiende Esel. Er kann seit seiner schweren Mumpserkrankung nichts mehr hören außer einem anhaltenden Rauschen unterschiedlicher Tonhöhe, das ihm Kopfschmerzen bereitet. Eine lange Karawane zieht den schmalen Pfad an einer tiefen

Schlucht entlang. Die junge Familie Asfaram flieht mit anderen Kurden über die kahlen und schroffen Berge aus dem Land der Mullahs in die Türkei. Mehrere Nächte sind sie unterwegs, tagsüber schlafen sie in Höhlen.

Der Flüchtlingstreck wird vorn und hinten von Männern mit Waffen gesichert. Hinter dem Reittier der Familie Asfaram trotten weitere Lasttiere, die mit Leinen aneinandergebunden sind. Plötzlich gibt es einen Ruck, und ihr Maultier bleibt wie angewurzelt stehen. Das Tier hinter ihnen, ein kleiner Esel, hat sich vertreten oder gebockt. Jedenfalls steht die ganze Karawane am Abgrund. Die gesamte Ladung des Esels ist abgerutscht und purzelt in das schwarze Nichts. Vater Asfaram löst sich aus der Gruppe der Männer an der Spitze und rennt auf Mirhat und seine Mutter zu. Es ist das einzige Mal, dass Mirhat seinen Vater weinen sieht – vor Erleichterung, dass nicht das Maultier, sondern nur der Esel seine Last in die schwarze Schlucht verloren hat.

Die Eltern haben Mirhat später erzählt, dass in dem abgestürzten Gepäck ihre ganze Habe gewesen war. Einzig die kleine Kiste, die zwischen den unruhigen Hufen des Esels aufgesprungen war, war der Familie Asfaram noch geblieben: In dem unscheinbaren Holzkästchen hatten die Eltern Asfaram das Allerwichtigste, ihre gefälschten Papiere und ihr Bargeld, einschlossen. Fast alles konnten sie in der Finsternis wieder einsammeln. Die kleine Kiste mit dem seit dem Zwischenfall lädierten Schnappschloss, die die lange Flucht der Familie nach Deutschland ermöglicht hat, hat einen festen Platz im Wohnzimmer der Asfarams.

Gedankenversunken klappt Mirhat den kleinen Koffer vorsichtig zu und streicht mitfühlend über den ledernen Deckel mit seinen Schlössern. Der taube Perser malt sich aus, was die Besitzer wohl während des Krieges in Deutschland durchgemacht haben mögen: Ob sie so viel Glück im Unglück wie die Asfarams hatten?

Mirhat sieht die Freunde reglos am Tisch sitzen, während sie der Diskussion der Nazis lauschen. Er verfolgt die oszillierenden Linien der Stimmenaufzeichnung auf Steves Tablet, versteht aber nichts.

Rosenstein klingt erbittert: *„Der Fiskus hat Sie, Dr. Meyer, und Ihre Partei schon lange im Auge. Der ganze RDB ist nicht mehr das, was er mal war, seitdem die letzten der Gründerriege verstorben sind! Mein Vater Samuel hat den wirtschaftlichen Grundstein des RDB mit den vielen Gemälden aus den im Krieg geräumten Judenwohnungen gelegt. Denken Sie allein an den Verkauf der Nolde-Serie Ende der Fuffziger Jahre – was hat er damit nicht alles finanziert: den RDB-Grundbesitz in vielen Stadtzentren, die besten Verteidiger bei den sogenannten Kriegsverbrecherprozessen gegen unsere Kameraden, die Lobbyarbeit im Bundestag, um nur einiges zu nennen. Übrigens ist es auch Samuels großzügigen Zuwendungen an die entscheidenden Dienststellen zu verdanken, dass viele Kameraden in der Nachkriegszeit in das Bundeskriminalamt, den Verfassungsschutz und den Bundesnachrichtendienst eingeschleust werden konnten.*

Und hier in Hamburg hatte mein Vater schon bald nach der Kapitulation das ehemals angesehene, aber im Krieg weitgehend zerstörte Hotel ‚Alster-Residenz' erworben. Nachdem es in ‚Residenz Dammtor-Bahnhof' umbenannt worden war, wurde das Gebäude so aufwändig renoviert, dass es in die Kategorie der Fünf-Sterne-Hotels aufsteigen konnte. Sein Ruf als kuschelige Edel-Herberge für Prominente war bis Mitte der Sechziger Jahre unaufhaltsam gewachsen und das Objekt warf ordentlichen Gewinn ab. Auch Samuels Musikverlag gewann an Ansehen, und die beiden Unternehmen – die übrigens zufällig auch noch über ein vergessenes

Tunnelsystem in Verbindung stehen – befruchteten sich gegenseitig viele Jahre erfolgreich."

Frau Meyer wirft ein: „Vergessen Sie bitte nicht, dass ein folgenschwerer wirtschaftlicher Fehler der Anfang vom Ende der Ära Rosenstein im Reichsdeutschen Bund gewesen war, für den sich Ihr Vater sogar mehrfach bei den Kameraden entschuldigt hat:

Er hatte es 1960 abgelehnt, diese zugegeben schnodderigen Pilzköpfe aus Liverpool unter Vertrag zu nehmen oder ihnen wenigstens eine Bühne in Hamburg zu vermitteln.

So landeten die Beatles bei der Konkurrenz, die sie im ‚Indra' auf der Reeperbahn auftreten ließ. Der RDB hätte mit den Tantiemen der Beatles für Jahrzehnte ausgesorgt!"

Einer der anderen Männer meldet sich leicht schwäbelnd zu Wort: „Und genau deshalb übernahm Pfingstsonntag 1970 Frau Meyers Großvater Rudolf Sengmeier die Führung des RDB und entmachtete die Rosenstein-Dynastie. Denn Sie, Herr Rosenstein, hatten sich ja wohl schon auf Samuels Nachfolge innerlich vorbereitet, nicht wahr?"

Die sonore Stimme des Wahlkandidaten Dr. Meyer geht dazwischen:

„Vielen Dank für den Hinweis, Herr Falkenstein. Sengmeier hat sich große Verdienste als Führer des RDB erworben. Sein Doppelschlag gegen die Israeliten einerseits und die trotteligen Vertreter der deutschen Vasallenrepublik andererseits war geradezu genial: Es ist unter uns ja kein Geheimnis, dass wir uns an der Finanzierung und Organisation des Überfalls der Araber auf die jüdischen Sportler der Olympischen Spiele 1972 in München beteiligt hatten. Danach sabotierten unsere in die Sicherheitsbehörden eingeschleusten Agenten erfolgreich die staatliche Befreiungsaktion. ‚Zwei Fliegen mit einer Klappe', wenn Sie verstehen, was der große Sengmeier damit meinte.

Die Bilanz des Massakers war mit siebzehn Toten recht ansehnlich und das weltweite Echo erheblich. Unsere Warnung an die Juden war unmissverständlich: Ihr seid auch dreißig Jahre nach dem Krieg nicht sicher in Deutschland, und dieser Staat kann euch nicht schützen!"

Frau Meyer kokettiert ein wenig: *„Heute erreichen die Selbstmordattentäter zwar ganz andere Zahlen, aber die Weltöffentlichkeit nimmt viel weniger Notiz von Terroranschlägen als vor vierzig Jahren."*

Ärgerlich fährt Rosenstein auf: *„Auch Ihrem werten Herrn Großvater ist einiges danebengegangen – denken Sie nur an die blindwütige Aktion seiner Wehrsportgruppe auf dem Münchner Oktoberfest 1980: Wo blieb in all dem Blutbad das politische Signal?"* – *„Herr Rosenstein, das war ein Unfall, der Sprengsatz ist zu früh hochgegangen!"* – *„Und nach Rudolf Sengmeiers Tod wurde die Arbeit unseres militärischen Arms im Untergrund immer fahriger! Unter der Ägide seines Sohnes Manfred Sengmeier im letzten Jahrzehnt hat unsere kämpfende Truppe gar nichts Rechtes zustande gebracht, Frau Vorsitzende!*

Kein Wunder, wenn man so tumbe Kämpfer anwirbt wie dies ideologisch kaum ausgebildete NSU-Jungvolk! Selbst ihr Logo erinnert mehr an die NSU-Motorenwerke, die für unsere Wehrmacht das kleine Kettenkraftrad produziert hat, als an eine moderne Untergrundorganisation.

Und die politische Aussage an alle Ausländer – nämlich: Ihr seid auch heute nie sicher in Deutschland, und dieser Staat kann euch nicht schützen – diese Warnung wurde gar nicht richtig kommuniziert! Stattdessen wurden die NSU-Einsätze mehr als zehn Jahre lang von der Bevölkerung und den Behörden als ‚Hinrichtungen unter ausländischen Kriminellen' mit einem Schulterzucken hingenommen! Es war wirklich überfällig, dass Ihr Vater den Fehler eingesehen hat und die Zelle mit ihren misslungenen Aktionen endlich wieder abgeschaltet hat.

Und Sie selbst, verehrte Frau Meyer, haben Sie seit Ihrer Amtsübernahme vor drei Jahren irgendwo nennenswerte neue Aktivitäten entfaltet? Nein! Was ist Ihnen und der Partei ‚Reaktion Demokratischer Bürger' außer dem Ruf ‚Deutschland den Deutschen' und der Forderung nach der Todesstrafe für Kinderschänder zu einem aussagekräftigen Parteiprogramm eingefallen? – Ich meine: nichts Neues!"

Der RDB-Kandidat Dr. Meyer antwortet für seine Frau: *„Sie wissen sehr gut, dass die Zeit noch nicht reif ist für unsere Kernforderung nach der Reinhaltung des volksdeutschen Blutes und Wiedereinsetzung der Nürnberger Rassengesetze. Das Volk muss erst noch erkennen, dass jeder neue Zuwanderer unser arisches Erbgut potenziell schwächt.*

Aber wir nutzen diese Lernphase, um unsere Schlagkraft zu erhöhen. So treiben wir die Domestizierung weiterer Rocker-Gruppen mit der Vergabe von Aufträgen und der Einführung von RDB-Rangabzeichen voran. Wie hatten Sie das Projekt noch so treffend genannt, Herr Falkenstein?"

Der Propaganda-Chef näselt leicht süffisant: *„Futternäpfe für die Murmelköpfe! Mit ein wenig Geduld und finanzieller Zuwendung werden sie uns bald bundesweit aus der Hand fressen und stolz unsere Nummern auf ihren Schädeln tragen. Und wenn wir sie erst gebändigt haben, werden wir sie auf Zuruf für Konfliktlösungen einsetzen können!"*

Frau Meyer übernimmt wieder die Diskussion: *„Sie geben mir da ein Stichwort, Herr Falkenstein. Auch innerhalb unserer Organisation lege ich größten Wert auf Gehorsam und Disziplin. Es ist bedauerlich, dass wir in den letzten Jahren gleich zwei Personenschäden in unseren Reihen zu beklagen hatten..."*

Der zweite Schwabe ergänzt maliziös: *"...sodass die zwei Plätze heute leer bleiben müssen."* – *"So ist es, Herr Krause! Ich werde die Posten in den nächsten Wochen nachbesetzen. Ich denke da an einen verdienten Kameraden aus Bayern und eine politisch absolut verlässliche Dame aus Sachsen..."*

Rosenstein klingt etwas frustriert: *"Ich weiß, dass einige ‚Personenschäden' auf den Gleisen der Bundesbahn die typische Handschrift des RDB tragen!"*

Mühsam beherrscht zischt Dr. Meyer: *"Rosenstein, Sie riskieren Kopf und Kragen mit solchen Bemerkungen!"*

Frau Meyer kehrt mit ruhiger Stimme zum Thema zurück: *"Vor Durchsetzung des politischen Endziels wird sich unsere zukünftige Strategie, lieber Herr Rosenstein, also auf die Stärkung unserer Wirtschaftskraft konzentrieren. Mit Hilfe der bereits erwähnten Lederhosentrupps werden wir in den nächsten fünf Jahren die Mehrheit aller Tattoo- und Piercing-Studios und aller Spielhöllen – Verzeihung: Spielhallen – unter unsere Kontrolle bringen. Die Hälfte der Einnahmen dieser Kleingewerbe wird der Bund abschöpfen – bar auf Kralle und am Fiskus vorbei, versteht sich! Wir werden diese Strategie ausbauen, bis wir alle wichtigen Kleingewerbezweige beherrschen, vom Bäcker bis zum Beerdigungsunternehmer.*

Schließlich werden wir Einfluss auf die Mode- und Musikbranche nehmen müssen, um näher an die jungen Leute heranzukommen, denn wir müssen Nachwuchs für unsere nationale Idee werben. Und da denke ich natürlich an unsere tüchtige Propaganda-Abteilung: Ihnen wird sicher etwas Passendes einfallen, Herr Falkenstein!

Noch einmal zurück zu den Grundsätzen des Bundes, meine Herren: Der Bund konnte nur deshalb so viele Jahrzehnte unbeschadet überstehen, weil er unverrückbar auf dem Führer-Prinzip beruht! Demokratische Mehrheitsentscheidungen sind nichts für uns.

Wir sind zutiefst von Darwins Evolutionstheorie überzeugt – nur der Beste kann an der Spitze stehen! Zurzeit bin ich es.

Übrigens hält es unser transatlantischer Bündnispartner nicht anders: Die braven Bürgerinnen und Bürger mit und ohne Migrationshintergrund dürfen gerade einmal eine der beiden Parteien wählen, den Rest machen die politischen Gremien – Senat und Repräsentantenhaus – unter sich aus.

Und wenn ihr Präsident Terror wittert, entscheidet er ganz allein über die zu ergreifenden Abwehrmaßnahmen – von der verdeckten Aufklärung bis zur finalen Risiko-Eliminierung – Sie wissen wohl, was ich meine. Nur so hält unser ‚Big Brother' seine Weltvorherrschaft aufrecht: ‚Survival oft the fittest' nennt Darwin das Prinzip!

So viel zur Situation und zu unseren strategischen Zielen. Aber jetzt gilt es erst einmal, bei der anstehenden Wahl mit einem ordentlichen Ergebnis zu überzeugen!

Und nun zu Ihrer Arbeit, Herr Rosenstein: Sie sind ja so zahlenverliebt und warnen ständig vor dem Schwinden unseres Kapitals – berichten Sie uns doch einmal aus den Bilanzen der Rationalen Darlehnsbank!"

Herr Rosenstein hüstelt trocken, dann erklärt er etwas verlegen: „Es ist ja allgemein bekannt, dass die Bankenkrise auch an uns nicht ganz unbeschadet vorübergegangen ist." – „Ich nehme an, Ihr Hauptfehler war wohl eher die voreilige Beteiligung an diesem entarteten Monstrum, dem schillernden Super-Guppy ‚Elbphilharmonie' in Ihrer Vaterstadt!"

Rosensteins Hustenreiz wird stärker: „Ja, das kam hinzu, aber wir werden die Bilanzen bis 2016 wieder ausgleichen!" – „Ich denke, das wird Herr Krause jetzt übernehmen: Herr Krause, ich übertrage Ihnen als ausgewiesenem Finanzfachmann hiermit die Führung der Rationalen Darlehnsbank. Sie werden die notwendigen Formalitäten der Übergabe zeitnah – und diskret – erledigen, meine Herren! Wir haben schon vor drei Jahren begonnen, unsere Strukturen zu optimieren, als ich das Residenz-Hotel der zupackenden Propaganda-Abteilung zugeschlagen habe, die Herr Falkenstein ja schon seit einem guten Jahrzehnt vorbildlich leitet. Es tut mir leid für Sie, Herr Rosenstein, wenn Ihr Musikverlag immer mehr zu einer bedeutungslosen Briefkastenfirma schrumpft, deren einzige Aufgabe sich auf die Bereitstellung von Bargeld für unsere Lobbyarbeit beschränkt."

„Darf ich mir an dieser Stelle erlauben, Ihnen meine Entwürfe für die Plakate und Handzettel der RDB-Partei zu präsentieren?" lässt sich der Gelobte vernehmen. „Ich habe Wert auf eine moderne und ansprechende, aber schlichte Grafik für den Auftritt im Wahlkampf gelegt und statt der bisherigen erdigen Farbtöne unserer Partei auf ein strahlendes Blau gesetzt – ich reiche sie einfach noch einmal herum!"

Man hört leises Rascheln, dann Frau Meyers Stellungnahme: „Ich denke, es sind ein paar ganz passable Varianten entstanden, vielen Dank, Herr Falkenstein! Wie immer eine solide Arbeit."
Dann hebt die Vorsitzende ihre Stimme: „Allerdings werden wir doch sehr bald eine erhebliche Summe investieren müssen, wenn wir in den nächsten Monaten bundesweit flächendeckend politisch präsent sein wollen. Also, Herr Rosenstein, Sie sehen, wir brauchen Ihre Finanzmittel noch in naher Zukunft! Als Vorsitzende erwarte ich von Ihnen, dass Sie jetzt mit Ihrem Genörgel aufhören und zügig die erforderliche Barschaft für den bevorstehenden Wahlkampf bereitstellen.
Ich weiß, der Markt ist seit der sogenannten ‚bayrischen Beutekunst-Affäre' vor zwei Jahren schwieriger geworden..."
„Samuel Rosensteins Legende war natürlich deutlich besser als

die des Münchner Kameraden. Aber dem einsamen alten Mann hätte der RDB wirklich mehr Rückendeckung geben können. Nach den Rückerstattungsgesetzen der Besatzungsmächte ist er immerhin rechtmäßiger Eigentümer der Sammlung!" hört man Rosenstein einwerfen, und Dr. Meyer antwortet ihm ärgerlich: *„Ein Rechtsstreit hätte jahrelanges Prozessieren bedeutet. Mit unserer Verzögerungstaktik haben wir diese unselige Angelegenheit immerhin ein Jahr lang aus den Medien heraushalten können und in der Zeit noch einige von den Kunstwerken versilbern können!"*

„Herr Rosenstein, Adolf: Als Vorsitzende verbitte ich mir solche Unterbrechungen! Ich war dabei, mein Schlusswort zu halten! Wir wissen alle, dass gerade im Nahen und Fernen Osten heute noch immer eine erhebliche Nachfrage besteht – und wir haben einen solventen Interessenten in Aussicht.

Sie werden also die ‚Blauen Pferde' verkaufen, sobald Sie die Aufforderung von uns erhalten – und damit beende ich die Aussprache und die heutige Sitzung.

Ich ermahne abschließend noch einmal alle Anwesenden, jede unnötige Kontaktaufnahme untereinander bis zur nächsten Sitzung 2020 zu unterlassen, um unsere Vorstandsarbeit nicht zu gefährden. Jeder Verstoß wird unnachsichtig geahndet werden! Jeder weiß jetzt, was er zu tun hat! – Vielen Dank, meine Herren."

Einen Augenblick hört man nichts mehr, dann ruft Herr Rosenstein: *„Bitte die Rechnung, junger Mann!"*

Nach einer weiteren Pause folgt ein unwilliger Aufschrei – *„Passen Sie doch auf!"* – und Houchang reagiert erschrocken: *„Scusate la mia goffaggine, Signora!"*

Ärgerliches Gemurmel ist zu vernehmen, es folgt Geraschel und das Mikrofon wird ausgeschaltet.

Die Freunde sind sprachlos. Es dauert eine Weile, bis Judith als erste das Schweigen bricht: „Ich kann's nicht fassen: Da sitzen mitten in Deutschland fünf Hansel im ‚Don Giovanni' und planen den Umsturz – und hier im Garten lagern sie schon mal ihre Waffen!" Steve dreht seine Stirnlocke um den Finger: „Und mein alter Nachbar Rosenstein verkloppt Raubkunst, die sein Vater den Juden geklaut und in diesem Haus gehortet hat. Die Wände in seiner Wohnung sind voll davon! Der RDB baut völlig unbemerkt ein terroristisches Netzwerk auf und steckt überall seine Finger rein. Selbst der Dr. Eckmann hat Dreck am Stecken und vertickt Gemälde an irgendwelche ausländischen Kunden!

Und sie wollen in den nächsten Jahren das gesamte Wirtschaftssystem der Bundesrepublik unterwandern!"

Kofi fragt in die Runde: „Ist es denn verboten, über Wirtschaftskriminalität zu diskutieren? Nein! Also können wir dem RDB nicht mit seinen Zukunftsplänen beikommen, sondern müssen ihn da packen, wo er sich bisher kriminell verhalten hat. Und das sind nur die ungeklärten Attentate und die heimlichen Verkäufe der Raubkunst."

Houchang warnt: „Wenn die wirklich schon in alle Behörden ihre Leute eingeschleust haben – wie soll man da die Polizei einschalten können, ohne sicher zu sein, dass der RDB Wind davon bekommt?" Kofi entscheidet: „Wir müssen eben ohne Polizei auskommen." – „Und alles laufen lassen wie bisher, oder wie?" fragt Steve. Kofi schlägt vor: „Wie wäre es, wenn wir denen in die Suppe spucken?" – „Gute Idee: Houchang, du gehst das nächste Mal an den Tisch und sagst freundlich: ‚Scusi, Dottore Meyer, wir finden es nicht gut, dass Sie Leute vor den Zug stoßen lassen und Signor Rosenstein anstiften, Raubkunst zu verkaufen. Daher spucke ich Ihnen jetzt in die Suppe – pht!'"

„Sei nicht albern, Steve. Natürlich können wir nicht selbst die alten Attentate aufklären. Aber wir können die Terrorbande auffliegen lassen, indem wir die ‚Blauen Pferde' kaufen." – „Bist du jetzt ganz durchgeknallt? Woher willst du denn die Knete nehmen?" – „Houchang, gib doch mal die Flyer her!"

Während Kofi über den Entwürfen brütet, klopft Houchang seinem großen Bruder anerkennend auf die Schulter und erklärt ihm, dass er bei der Beobachtung des Pfingst-Treffens die „blauen Pferde" richtig verstanden hat.

Mirhat freut sich über seine Rehabilitation, Houchang braucht aber eine Weile, bis er Mirhat den ganzen Inhalt und die Tragweite des mitgeschnittenen Gesprächs und Kofis verrückten Vorschlag übersetzt hat.

Die Gruppe kann sich lange nicht einigen, was zu tun ist – da meldet sich Mirhat und nimmt dem erstaunten Kofi einen Flyer aus der Hand: Mirhat hat einen brillanten Einfall und Kofis Plan weitergesponnen. Als er seinen kleinen Bruder mit der Gebärdensprache in groben Zügen eingeweiht hat, kriegt Houchang sich gar nicht mehr ein vor Lachen.

Houchang erklärt unter anhaltendem Gekicher den anderen Mirhats Vorschlag. Die Freunde sind zunächst baff, aber dann wird die Idee in allen Einzelheiten besprochen und die Durchführbarkeit diskutiert. Schließlich wird der Plan einstimmig angenommen.

Die fünf Freunde wollen möglichst schnell handeln. Es bietet sich nur übermorgen an, weil das Wilhelm-Gymnasium an die Pfingsttage einen Schilftag angehängt hat. Rosenstein darf keine Zeit zum Überlegen haben – und er wird es vermeiden, die RDB-Spitze unnötig zu kontaktieren.

Allerdings besteht auch für das Team nur wenig Zeit, den Coup vorzubereiten.

Rebeccas Farbdrucker ist fast leer, als endlich der blaue Briefkopf den aktuellen RDB-Flyer-Entwürfen recht nahegekommen ist. Während Mirhat Kofi zustimmend über die Schulter guckt, liest Kofi das Schreiben noch einmal für alle vor:

„Objekt: ‚Blaue Pferde'
Ort: Residenz Dammtor-Bahnhof
Termin: 26.5.2015, 12 Uhr pünktlich!
Kontakt: Emir Zayed bin Sultan Al Nahyan
Zahlungsweise: bar sofort 2,8 Mio
Gruß – und hier musst du signieren!"

Judith zittert etwas die Hand, aber die Jungen haben entschieden, dass sie unterzeichnen soll, weil ihre Handschrift „am weiblichsten" sei. Also pinselt Judith nach mehreren Schriftproben auf einem der Fehldrucke unter die Notiz: I. M.

Steve schleicht durch das Treppenhaus nach oben und legt den Brief direkt auf die Fußmatte des Musikverlags. Dann verschwinden die Asfarams und die Grobecks lautlos in die Nacht. Houchang und Mirhat wollen in der Pizzeria noch ihren Bruder Hafiz einweihen; Judith und Kofi sind todmüde, als sie endlich zuhause ankommen, und lassen die tausend Fragen ihrer sorgenvollen Eltern nur noch wortlos an sich abperlen.

Die Audienz in der Residenz

Alter, dein Ding geht ja ab wie Schmidts Katze! Aber im Elbtunnel hat sich in den über siebzig Jahren rein gar nichts verändert.

Okay, Lissy hat mir berichtet, dass sie dir die Geschichte von unserer Druckvorlage erzählt hat. Wie gesagt, war die Idee allein auf Davids Mist gewachsen – nur eben ein bisschen spät.

David war zwar schon 1939 als Stift hier in der Notendruckerei angestellt. Seine tolle Druckvorlage mit der Auswanderergenehmigung war aber für die Katz, weil es keine Kindertransporte mehr gab, als er die Tiefdruckplatte endlich fertig hatte. Also haben wir sie erst einmal in der Druckerei versteckt.

Immerhin hat er in den nächsten Jahren wenigstens ein paar anderen Juden noch mit gefälschten Papieren helfen können – wie zum Beispiel den Cohens mit ihren Kindern.

Seit Kriegsbeginn galt für alle Deutschen ein generelles Abhörverbot ausländischer Sender. Außerdem hätten wir sowieso längst unser Radio abgeben müssen: Denn es gab ein generelles ‚Verbot von Radiogeräten in jüdischem oder parteifeindlichem Besitz'. Die SS beschlagnahmte in den jüdischen Haushalten sämtliche Geräte, die nicht fristgerecht abgegeben worden waren.

So machte sich unser Vater gleich doppelt eines ‚Rundfunkverbrechens' strafbar, wenn er sich täglich unter seiner Wolldecke verkroch, um mit den Kopfhörern seines versteckten Radios die Nachrichten des ‚Feindsenders' BBC abzuhören. Aber eine andere Informationsquelle hatten wir nicht mehr – selbst der Kauf von Zeitungen war uns verboten.

Deshalb fingen Davids Freunde aus der Gautsch-Gang, mit denen er gemeinsam die Druckerlehre gemacht hatte, an, eine eigene kleine Zeitung im Musikverlag zu drucken, in der sie Vaters BBC-Nachrichten an andere Juden weitergaben.

Während die Cohens noch fliehen konnten, mussten wir Assers weiter in Deutschland aushalten. Lissy und ich durften ja nicht mehr die öffentliche Schule besuchen und erhielten zusammen mit acht weiteren Kindern unterschiedlichen Alters Privatunterricht bei unserem jüdischen Lehrer Heinz Junger. Mit Mühe und Not erreichte ich noch einen staatlich anerkannten Schulabschluss in unserer kleinen Notschule, sodass ich ab April 1940 endlich in Berlin eine Druckerlehre beginnen konnte. Meine Eltern waren erleichtert, dass ich die Lehrstelle antreten konnte, und Großonkel Julius, der Polsterer, schrieb mir eine Glückwunschkarte: ‚Handwerk hat goldenen Boden!'

Dass das Druckerhandwerk aber sehr bleihaltig war und dadurch die Drucker krank machte, war uns allen nicht bewusst. Aber die Bleilettern haben mein Leben nicht mehr verkürzen können – es war schon kurz genug. Ich greife schon wieder vor.

Erst einmal war ich glücklich, weil ich hoffte, später gemeinsam mit David als Drucker im Musikverlag arbeiten zu können. Naja, und dass wir an der Spree heimlich Kampfsport trainiert haben, um uns notfalls gegen die Nazis wehren zu können, habe ich dir ja schon erzählt.

Auch Lissy konnte noch einmal für ein Jahr in einem Waisenhaus in Kassel untertauchen, wo sie weiter unterrichtet wurde.

Dann machten unsere Eltern einen verhängnisvollen Fehler: Sie holten ihre beiden Kinder wieder nach Hamburg zurück, weil sie völlig pleite waren und glaubten, dass die Familie gemeinsam sicherer wäre, als wenn sich jeder allein durchschlagen müsste.

Es wurde von Tag zu Tag schwieriger für uns: Ab September 1941 musste jeder jüdische Bürger ab sechs Jahren an seiner Kleidung auf der linken Brust einen großen gelben Stern mit der Aufschrift ‚Jude' annähen und durfte nur so gekennzeichnet die Straße betreten – wärst du so auf die Straße gegangen?

Kein Schwein wagte mehr, mit uns Sternträgern noch zu sprechen!

Ich hatte gerade im Musikverlag als Handsetzer angefangen, als sie David im September 1941 auf offener Straße schnappten: Er trug keinen gelben Stern, aber er hatte ein paar Flugblätter der ‚unabhängigen jüdischen Nachrichten' in der Brusttasche. Sie haben ihn bestimmt so windelweich geschlagen, dass er nicht einmal mehr das Wort ‚Sonderbehandlung' buchstabieren konnte. Er ist nie wieder aufgetaucht.

In allerletzter Sekunde habe ich die leeren Reisepässe und die Siegel – du weißt schon, die runden Stempel mit Adlern – in meinem Koffer verstecken können, als die Gestapo Davids Arbeitsplatz durchsucht hat. Die Formulare und Stempel waren – wen wundert's? – von zwei Typen aus seiner Gautsch-Gang bei einem Einbruch in die Einwohnermeldestelle in Eimsbüttel geklaut worden. Na, und der Koffer hat es ja ziemlich lange in unserem Versteck ausgehalten...

Meine Güte, ich seh schon wieder deinen planlosen Blick: Werden bei euch die Druckerlehrlinge nach ihrer Freisprechung nicht mehr gegautscht? Na, das ist jetzt ja nicht so wichtig und meine Zeit wird knapp – relativ jedenfalls.

Prompt bin ich gleich in den nächsten Tagen auch noch dem dicken Siegfried Schröder und seinem Kumpel Knut in die Arme gelaufen. Ich trug zwar brav meinen gelben Stern und es nützte auch nichts, dass ich den Kerlen vom Gehsteig in die Gosse ausgewichen bin. Schröder zeigte auf mich wie auf eine schmutzige Ratte: ‚Sieh mal an, dem ollen Cäsar seine kleine Feuerfresse läuft hier immer noch frei rum – ich denk, ihr seid längst evakuiert: zack und weg – verschwunden?'

Leider hatte ich gerade keine Anlasserkurbel dabei und der dicke Schröder mit seiner schwarzen Oberlippenbürste war jetzt schon NSDAP-Ortsgruppenleiter geworden. Er trug Reithosen und blank gewichste schwarze Schaftstiefel, obwohl er bestimmt noch nie auf einem Pferd gesessen hatte. Wenn man ihn in seiner schnieken braunen Uniform ansah, könnte man meinen, er käme gleich nach dem Führer...

Nalle, mal ehrlich, du musst dir unsere verzweifelte Situation einmal vorstellen: Unser Todfeind Hitler steht auf dem Höhepunkt seiner Macht. Er hat gerade das riesige Russland überfallen, und das ganze Großdeutsche Reich jubelt ihm zu. Dein bester Freund ist von der Gestapo verschleppt, wahrscheinlich gefoltert worden, vielleicht sogar schon tot.

Und du stehst als Einziger mit einem blöden großen gelben Stern auf der Brust einem fettwanstigen arischen Großmaul gegenüber – also, einem so übermächtigen Feind darf man keine Angriffsfläche bieten! Opa Cäsars Frontkämpfer-Motto ‚Einer für alle und alle für einen' passt da nicht mehr – ‚täuschen, tarnen und verpissen' hätte längst unsere Devise sein müssen!

Unsere Todesangst wuchs durch das Nichtwissen ins Unermessliche. Außer Vaters Radionachrichten hatten wir keinerlei Informationsquellen mehr. Immer, wenn wieder eine befreundete Familie ‚evakuiert' wurde, verschwand sie innerhalb weniger Tage auf Nimmerwiedersehen – eben spurlos...

Ende Oktober 1941 war die Moorweide 18 menschenleer und an eine Arbeit als Setzer oder Drucker im Musikverlag war gar nicht mehr zu denken. Statt dessen zog die SS dort auf und richtete ein Magazin zur ‚Rückführung des Volkseigentums' ein.

Unsere inzwischen vollständig mittellosen Großeltern Cäsar und Fanny wurden im Zuge der ‚Zusammenlegung jüdischer Haushalte' im Judenhaus Schäferkampsallee 25 zwangseinquartiert und im Juli 1942 nach Theresienstadt verschleppt.

Cäsars Bruder Hermann und dessen Familie wurden ein halbes Jahr später deportiert, ihre Kinder starben im Konzentrationslager.

Dem Bruder Julius gelang es mehrfach, durch kostenlose Polsterarbeiten in der Wohnung des für die Beurteilung der Transportfähigkeit zuständigen Medizinalrats einen Aufschub seiner Deportation zu erreichen. So gesehen, hatte mein Großonkel schon recht: Handwerk hat goldenen Boden!

Julius' jüngerer Sohn – mein Namensvetter – wurde in Frankreich gefangengenommen und zweieinhalb Jahre im KZ Buchenwald interniert. Er erlebte die Befreiung durch die Amerikaner. Julius' älterer Sohn, der ‚privilegierte Jude' Herbert, brachte sich nach jahrelanger Behörden-Schikane und Zwangsarbeit später um.

Aber all das haben Lissy und ich nicht mehr mitbekommen, weil wir schon am 26. März 1942 unsere letzte Fahrt antreten mussten – bestimmt wurden wir zuerst verschleppt, weil ich dem dicken Nazi-Ortsgruppenleiter Schröder mit meinem Feuermal in die Arme gelaufen war. – Kurt, hör auf damit! Das bildest du dir nur ein, dass es an deinem Feuermal lag. Sie haben uns einfach der Reihe nach verschleppt: Erst die jüngeren, die noch arbeiten konnten, dann die alten Juden, die sie einfach nur noch loswerden wollten. – Mag sein, Lissy, aber jedenfalls hat es ihnen geradezu Freude bereitet: Diese Nazi-Schweine haben sogar noch ihr Filzen unseres Gepäcks gefilmt und sich an unserer grenzenlosen Verzweiflung geweidet! Ich erspare dir diese letzten Bilder von uns, Nalle. – Ich habe ihnen wenigstens die Zunge rausgestreckt – Lissy, das wird sie auch nicht gejuckt haben.

Fakt ist jedenfalls: Unsere Großeltern Asser wurden in Theresienstadt ermordet und Oma Flunki haben sie vor unseren Augen im Warschauer Ghetto getötet. Nach all der Angst haben die Alten wenigstens ihre Ruhe gefunden – wenn sie auch nie eine ewige Ruhestätte haben werden.

Aber weder Lissys noch mein Ende oder das unserer Eltern Jenny und Julius ist irgendwo registriert – wir haben nicht mal einen Todestag oder Todesort.

Und darum gelten wir formal seit einem Menschenalter als ‚verschollen'. Vielleicht vermisst uns ja auch irgendwann mal jemand. Jedenfalls dauert unsere Schoah an.

‚Meine Zeit steht in Deinen Händen' singt Lissy versonnen. - ‚Errette mich von der Hand meiner Feinde und von denen, die mich verfolgen', setzt Kurt knurrend fort.
　Das ist Davids Psalm, Nalle, also von unserem König David, nicht vom Fälscher.

Ich sag ja immer, Lissy, Zeit ist relativ und die Verfolgung könnte langsam mal vorüber sein! – Kurt, du bist ein unverbesserliches Lästermaul! Kannst du unseren Glauben nicht einmal ernster nehmen? – Du siehst ja, was wir davon haben! Aber diesmal werden wir nicht nur beten, sondern kämpfen! Komm, Lissy, wir müssen jetzt endlich gehen. – Hast du deinen Koffer wiedergefunden? – Klar, unsere Judenkennkarten und deine Bratsche habe ich auch. Sie werden uns eh wieder alles abnehmen...
　Ich frage mich nur, warum im Magazin so viele leere Instrumentenkästen zurückgeblieben sind – sie werden die Geigen doch nicht auch verbrannt haben?
　Nalle, kennst du den Unterschied zwischen einer Geige und einer Bratsche? – Kurt, ich hab dir so oft gesagt, dass ich den Witz geschmacklos finde! – Du mit deiner empfindlichen Musikerseele! Die Bratsche brennt länger...

Immerhin hast du jetzt eine blasse Ahnung von dem, was mit uns Juden im ‚Dritten Reich' geschehen ist, Nalle: Das Böse schläft nie – es lauert im Verborgenen.
　Mach's gut, Alter, wir drücken euch die Daumen bei eurer Aktion! – Tschüß auch von mir, Nalle. Vergesst nicht, dass wir gelebt haben und passt gut auf euch auf!
　Lissys und Kurts Schemen verdampfen langsam, aber sicher im Morgengrauen.

Nalle schreit auf und krallt mit den Fingern in die Bettdecke: „Lissy, Kurt, bleibt hier!"

Er öffnet die Augen. Sein Ärger über Kurt ist schon lange verflogen, und Lissy ist ihm ans Herz gewachsen. Er hat das unbestimmte Gefühl, dass Lissy und Kurt ein Teil von ihm geworden sind. Nalle hat dafür eine unbändige Wut auf den RDB, die Meyers und den Rosenstein entwickelt. Er springt aus dem Bett und ist voller Tatendrang. Kaum ist er geduscht und angezogen, läutet es auch schon: Judith steht mit ihrem zauberhaften Lächeln vor der Tür – in der einen Hand ihre beiden Krücken und in der anderen einen Schminkkoffer.

Der Cadillac Fleetwood rollt voll besetzt und nahezu geräuschlos über das schmale Kopfsteinpflaster der Alsterterrassen. Der Oldtimer mit den beiden bunten Standern auf den vorderen Kotflügeln gleitet in das Rondell vor der alten „Residenz Dammtor-Bahnhof" und hält direkt vor der Glastür. Mirhat kaut konzentriert auf seinem Kaugummi. Er zieht die Handbremse, springt heraus und öffnet den Kofferraum. Mit einer einzigen gleitenden Bewegung verteilt er die beiden Magnetfolien, am Heck ein ovales mit dem Aufdruck „CD" und über das rote Kennzeichen der Tageszulassung ein längliches mit arabischem Schriftzug. Dann hebt er die drei Schachteln mit Pizzen heraus, schließt die Heckklappe und eilt ins Foyer.

Mit der einen Hand jongliert er beim Eintreten die Schachteln, während er mit der anderen Hand sein Kaugummi auf das Auge der Lichtschranke an der Glastür klebt.

Wie erwartet, sitzen in der menschenleeren Halle Julia und Nazamin am Empfang und manikiren sich gegenseitig. Sie freuen sich, als sie Mirhat mit den Pizzen erkennen, und Mirhat freut sich offensichtlich auch – besonders über Nazamin. Er stellt seinen Pizzaturm auf dem Tresen ab. Aufgeregt deutet er auf einen Zettel, den er auf die oberste Schachtel geklebt hat: „zur Feier meines Namenstages

für Euch – guten Appetit wünscht Don Giovanni!"
Die Mädchen kichern und danken Mirhat gestenreich, dann öffnen sie die Pizzaschachteln und kommentieren sie lautstark. Mirhat grunzt, um ihre Aufmerksamkeit zu erregen, und als sie ihn erwartungsvoll ansehen, deutet er auf sich, dann auf die dritte Pizza und schließlich auf den kleinen Raum hinter dem Empfang.

Wenn besonders prominente Filmstars oder Politiker im Haus logieren, ist hier der Personenschutz diskret untergebracht. An den anderen Tagen reicht der Alarmknopf am Empfang aus, mit dem im Zweifelsfall die nahe Polizeistation benachrichtigt wird. Kurz nach der Konzertgeschichte sollte Mirhat den Aktenschredder unter dem Empfangstresen reparieren. Dabei hatte er versehentlich den stillen Alarm ausgelöst. Prompt zogen ihn zwei Minuten später die blauen Jungs hinter dem Tresen hervor. Als sie erkannten, dass er den Schredder repariert hatte und taub war, schrieben sie eine Notiz in ihr Einsatzbuch und zogen schimpfend wieder ab. Da sah Mirhat erst, dass sie mit zwei Streifenwagenbesatzungen gekommen waren, um Haupteingang und Tiefgarage gleichzeitig abriegeln zu können.

Julia lädt ihn ein, mit ihnen in der kleinen Teeküche die Pizzen zu verspeisen. Mirhat serviert die drei Pizzen und stapelt die leeren Kartons vor dem Monitor der Überwachungskameras.

Inzwischen entfalten sich die anderen Insassen: Houchang rutscht vom mittleren Platz der Vorderbank auf den Fahrersitz, während Kofi als Bodyguard seinen Anzug zu glätten versucht, sich ein Schlüsselband mit der Plastikkarte seines Jahresausweises für den Tierpark und seinem neuen Smartphone umhängt. Er schaut in den Rückspiegel und justiert seine Krawatte mit dem kleinen Mikrofon. Im Fond sitzen Houchangs Bruder Hafiz, der Kofferträger, und Steve alias Scheich Zayed bin Sultan Al Nahyan, der sich den weißen Kaftan zurechtzupft und den Turban nochmals richtet. Hafiz trägt zum weißen Kaftan und Turban noch weiße Handschuhe, Steve hat sich von Judith einen schmalen Lippenbart ankleben lassen und setzt nun eine große verspiegelte Pilotenbrille auf. Nach längerer Diskussion hatten sie entschieden, dass Hafiz optisch wohl den besseren Scheich abgeben würde, aber dass es leichter ist, einen falschen Bart zu tragen, als eine Fremdsprache zu imitieren. Hafiz kann wie seine Brüder fließend Kurdisch und Kofi die Ewe-Sprache – beide würde Rosenstein nicht auseinanderhalten können. Steve kann Englisch, etwas Französisch und sonst nichts, was Rosenstein nicht auch verstehen könnte.

An der Straßenecke taucht jetzt der alte Rosenstein auf. Er trägt einen Cellokasten und sieht sich mehrfach um. Kofi öffnet die Beifahrertür, entfaltet sich demonstrativ zu voller Größe, schließt das Jackett über der breiten Brust und öffnet nun die hintere Tür, um den Scheich herauszulassen. Gleichzeitig öffnen sich auch die Fahrertür und die zweite Hintertür, sodass der Cadillac wie ein großes weißes Insekt wirkt, das gerade abheben will. Die Begleiter bewegen sich mit ihrem Scheich und dem Diener, der mit seinen weißen Handschuhen einen braunen Lederkoffer wie eine Monstranz vor sich herträgt, in einer gemächlichen Prozession zum Hotelportal und werden dort von Mirhat mit einer huldvollen Geste eingelassen.

Mirhat stellt einen kleinen Rasierspiegel so auf den Tresen, dass er von der Teeküche aus die Sitzgruppe im Foyer im Blick behalten kann. Dann verschwindet er sofort wieder zu den Angestellten im Hinterzimmer, während sich nun Kofi an der Tür postiert und den sich nähernden Rosenstein streng taxiert.

Kofi hat ihn noch nie gesehen, aber der Alte sieht ganz so aus, wie er ihn sich vorgestellt hat: Blassblaue Augen, Tränensäcke und ein grauer Hautton, schlaffe Mundwinkel und Altersflecke auf den eingefallenen Wangen, Stirnglatze und am Hinterkopf eine grauen Kranz zu langer Haare.

Rosenstein trägt einen etwas abgetragen wirkenden grau melierten Anzug mit einem welken Kavalierstuch in der Brusttasche. Die Kragenecken sind durchgescheuert, der Schlips ist schnurdünn und hängt etwas schräg. Die Farbe der staubigen Schuhe lässt sich nur erahnen, ihre Absätze sind schief abgelaufen.

Als der alte Herr mit dem Cellokasten die Glastür öffnen will, verwehrt Kofi ihm den Zugang kühl. Er stellt seinen Fuß so gegen die Tür, dass sie sich nur einen Spalt weit öffnen kann: „Sorry Sir, private circle only – Geschlossene Gesellschaft" und mit einem abschätzigen Blick auf das Cello: „No music here today, Sie verstähn?"

Während Rosenstein antworten will, wird Kofi von seinem Headset abgelenkt. Er greift nach seinem Knopf im Ohr und regelt offenbar die Lautstärke, dann klopft er leicht gegen das Mikrofon auf seiner Krawatte und fragt in einer fremden Sprache hinein. Nach einer kurzen Pause nickt er befriedigt, checkt noch kurz das Display seines am Lanyard baumelnden Smartphones und wendet sich nun wieder dem Eindringling zu.

„Aber ich habe eine Verabredung mit Herrn Scheich Zayed bin Sultan äh..." – „Sie haben eine Audienz beim Emir Zayed bin Sultan Al Nahyan? Warten Sie bitte einen Augenblick!" Kofi lässt die Tür demonstrativ wieder zufallen, und Rosenstein wartet draußen geduldig wie ein folgsamer Hund. Nach einigem Palaver kommt der Bodyguard zurück, öffnet formvollendet die Tür und bittet den Gast herein, um ihn gleich wieder aufzustoppen: „Just a minute, Sir! Leave your luggage at the entrance, raise your arms und stellen Sie sich breitbeinig hin!"

Kofi streicht über Rosensteins Jackett, befühlt Ärmel und Brusttaschen, untersucht den Rücken, dann fährt er mit den Händen kräftig in den Schritt des Besuchers und beendet an den Hosenbeinen die Waffenkontrolle. Rosenstein ist dankbar, dass er Samuels alte Walther P 38 doch nicht eingesteckt hat. Der Bodyguard nimmt den Cellokasten auf und führt den Gast nun zu einer Sitzgruppe im Foyer.

Rosenstein ist irritiert. Früher standen hier auf großen Perserteppichen gemütliche grüngestreifte Clubsessel um ein repräsentatives Biedermeier-Sofa herum, und vor den großen Fenstern hingen schwere Seidenvorhänge. Der RDB-Propagandachef Falkenstein muss viel Geld in die neue Inneneinrichtung gesteckt haben!

Jetzt dominiert ein großer Glastisch den Raum, um den sich flache weiße Sesselwürfel auf einem kalten Marmorboden scharen. Die Fenster sind leicht verspiegelt, aber ohne Vorhänge, der ganze Raum wirkt wie ein riesiges Terrarium.

Rosenstein nähert sich den Arabern. Er verneigt sich tief vor dem Scheich, kann aber gar nicht die Augen von dem altmodischen braunen Koffer mit den 2,8 Millionen Euro abwenden, den dessen Diener auf den Tisch gelegt hat.

Der Scheich neigt den Kopf ebenfalls leicht und weist auf den freien Sessel ihm gegenüber. Rosenstein setzt sich, hat aber nicht damit gerechnet, dass der Sessel so tief und weich ist. Er plumpst daher etwas unsanft hinein. Kofi reicht ihm den Cellokasten zurück.

Houchang spielt den Dolmetscher, er zupft die Ärmel seine Kaftans zurecht und eröffnet gleichmütig das Gespräch: „Sie bringen also die ‚Blauen Pferde'?" – „Ja, also, es ist nicht ganz einfach zu erklären. Ich komme sozusagen im Auftrag meines Chefs, Herrn Dr. Meyer..." Noch während Rosenstein herumdruckst, beginnt der Dolmetscher die Übersetzung in schneller Rede für den Scheich. Der Scheich lauscht, nuschelt etwas Unverständliches, und der Dolmetscher übersetzt: „Der Emir hat nur wenig Zeit, es wäre nett, wenn Sie den Kaufgegenstand vorlegen würden."

Rosenstein zögert etwas. Trotz der seltsamen Verhandlungsbedingungen hier im Terrarium – es gibt doch das abhörsichere Besprechungszimmer im zweiten Stock? – will Rosenstein es nicht darauf ankommen lassen, dass der Deal platzt und er noch mehr Stress mit den Meyers bekommt, vielleicht sogar noch als Verräter unter die Räder gerät...

Der Dolmetscher spricht den Diener auf Kurdisch an, und dieser antwortet höflich. Folgsam zieht Hafiz den Koffer mit seinen weißen Handschuhen wieder eine Handbreit zurück zum Scheich.

Rosenstein beginnt zu schwitzen, er öffnet den Cellokasten und rollt das Gemälde vorsichtig auf dem großen Glastisch aus. Der Scheich gibt ein Zeichen an den schwarzen Bodyguard, der das Zeichen Richtung Empfang weiterleitet. Lautlos erhebt Mirhat sich und löst den stillen Alarm unter dem Empfangstresen aus. Der Scheich beugt sich über das Gemälde und betrachtet sehr lange jedes einzelne Detail. Er fährt mit dem Zeigefinger über den Rand der spröden Leinwand. Rosenstein schluckt trocken und schwitzt noch mehr: Was, wenn der Scheich unzufrieden mit dem Zustand des Bildes ist oder etwas anderes erwartet hat, wenn er es nicht kauft?

Der Scheich murmelt etwas Unverständliches, und Houchang übersetzt mit strengem Ton: Der Emir zahlt nur 2,6 Millionen Euro, das Bild ist gewaltsam aus seinem Rahmen geschnitten worden!"

„Aber, Eure Exzellenz, bei Sotheby's Auktionen würde es den zigfachen Preis erzielen!"

Ohne den Einwand dem Emir zu übersetzen, antwortet Houchang für den Käufer: „Dort würde man wohl einen Eigentumsnachweis verlangen – und den können Sie nicht liefern!"

Rosenstein pokert hoch, aber er weiß, dass er auf Frau Meyers Abschussliste steht. Sie würde ihm nicht glauben, sondern würde annehmen, er hätte Zweihunderttausend Euro unterschlagen. So stößt er mit letzter Anstrengung hervor: „Der Preis wurde vorab vereinbart und ist jetzt nicht mehr verhandelbar!"

Er tupft sich mit dem Kavalierstuch aus der Brusttasche den

Schweiß von der Stirn. Er registriert erleichtert, dass der Scheich kaum merklich nickt und seinem Diener bedeutet, Rosenstein den Koffer zu überreichen. Der schiebt ihn wieder zu Rosenstein hinüber, während der Dolmetscher Herrn Rosenstein auffordert, den Koffer zu öffnen und das Geld zu zählen.

Rosenstein bricht der Schweiß jetzt erst richtig aus, er lockert die Krawatte und betrachtet den Koffer fast andächtig: Ungewöhnlich dickes Rindsleder, wie man es heute nicht mehr findet. Für einen Milliardär ist er vielleicht etwas angestoßen, aber vermutlich musste der Koffer schon so manches Mal im Wüstensand stehen? Immerhin spiegelt das Leder wie frisch poliert. Auch die Schlösser glänzen golden.

Rosenstein greift nun entschlossen nach dem Koffer, dreht den Griff zu sich, um besser die Schlösser bedienen zu können. Das rechte schnappt sofort auf, aber das linke klemmt etwas. Er muss ein wenig Gewalt anwenden, dann springt es ebenfalls auf. Mit einem Schaudern hebt er den Deckel an – und erstarrt.

Im Koffer liegt altes Fettpapier, durch das vier Pistolen und vier Schatullen mit Patronenmagazinen schimmern. Er hebt das Papier an und erkennt den Waffentyp: Walther P 38, im Griff sogar noch der Adler mit Hakenkreuz!

Rosenstein stockt der Atem, als er die Waffen aus dem RDB-Depot sieht: Was geht hier vor? Wer sind die Kerle da vor ihm? Ist er dem Verfassungsschutz auf den Leim gegangen?

Niemand bewegt sich, als das Blaulicht von der schmalen Straße in das Rondell einbiegt. Doch: Jemand ist eben noch durch das Foyer gehuscht und hat sich an dem weißen Insekt zu schaffen gemacht, das gerade noch rechtzeitig in der Tiefgarage verschwindet, bevor die beiden Streifenwagen die Einfahrt blockieren können.

Die beiden Hotelangestellten tauchen gackernd aus der Teeküche auf und verstummen schlagartig: Großes Kino im Foyer, viele neue Gäste in höchster Anspannung – und sie haben sie nicht einmal kommen sehen oder hören! Jetzt noch Martinshorn und Blaulicht, was geht hier ab?

Die große Blonde fängt sich zuerst und öffnet den hereinstürmenden Polizisten die Tür. Kofi winkt die Beamten an den Tisch: „Wir haben Sie gerufen, wir sind überfallen worden von diesem Herrn. Er hat uns damit bedroht!" Kofi weist auf die Waffen vor dem verdutzten Rosenstein. „Und das Bild ist geklaut. Den ‚Turm der blauen Pferde' von Franz Marc finden Sie in der Liste ‚Lost Art' – das Bild ist Millionen wert, Sie müssen es sicherstellen! In seiner Wohnung Moorweide 18 sind noch viel mehr gestohlene Kunstwerke!" – „Ich sage nichts ohne meinen Anwalt!" Rosenstein zieht wütend sein Handy heraus und wählt die Nummer von Dr. Eckmann-Scholz. Die Polizisten zücken ihre Pistolen, aber sie sind unschlüssig und rufen erst einmal Verstärkung: Hier geht es offenbar um organisierten Kunstraub und Geiselnahme, vielleicht aber auch um bandenmäßigen Waffenhandel, wenn man sich diese ausländischen Brüder ansieht!

Rosenstein gelingt es noch, Dr. Eckstein zu erreichen, aber der kann sich nicht sofort freimachen. Der Anwalt beruhigt Rosenstein und verspricht, schnellstmöglich zum Präsidium nachkommen. Vorerst soll er keine Aussagen machen! Rosenstein ist sauer, aber machen kann er nichts. Endlich werden die Personalien aufgenommen. Die Polizisten staunen nicht schlecht, als Steve Pilotenbrille und Turban absetzt und unter dem Turban blonde Locken herausfallen. Selbst den Schnurrbart zieht er mit einem Ratsch ab.

Alle Beteiligten können sich ausweisen, seltsamerweise sind alle deutsche Staatsbürger! Die Polizisten fühlen sich verschaukelt, sie werfen den Jungen Hausfriedensbruch, groben Unfug und Irreführung der Staatsgewalt vor. Kofi brummt mürrisch: „Und wie wäre es mit unerlaubtem Waffenbesitz, Unterschlagung, Diebstahl und Hehlerei auf der anderen Seite?"

Aber sie dürfen erst einmal nach Hause gehen. Da keiner der

Verkleideten volljährig ist, wird man mit ihren Eltern Kontakt aufnehmen müssen. Die Jungen weigern sich, den Raum zu verlassen, bis die ‚Blauen Pferde' in Sicherheit sind. Na, das sind ganz schöne Stressbolzen, findet der leitende Polizeihauptmeister Paulsen. Jedenfalls muss der Kerl mit den Waffen mit zum Präsidium, denn die sind echt; auch, wenn die Magazine leer sind – und den Koffer soll sich die Spurensicherung vornehmen, um Fingerabdrücke zu dokumentieren. Mal sehen, wer den alles in der Hand gehabt hat! Rosenstein will das Bild einrollen und beschwert sich lautstark darüber, einem Dummen-Jungen-Streich aufgesessen zu sein. Aber Polizeihauptmeister Paulsen bleibt hart: Das Bild bleibt hier und Herr Rosenstein wird verhaftet.

Nur wenige hundert Meter weiter in der Moorweide 18 wird es unruhig. Judith hat die erste SMS erhalten, dass alles wunderbar geklappt hat und freut sich riesig. Vor Frust hat sie in der Wartezeit ihr krauses Kurzhaar mit vielen bunten Bändern zu kleinen Zöpfen verflochten, ist aber nur auf der rechten Seite fertig geworden. Gerade will sie ihren Teebecher in die Küche bringen und mit ihren Krücken die Wohnung verlassen, um zur Residenz zu humpeln, als sie im Treppenhaus ungewöhnliche Geräusche hört. Es klingt, als ob jemand versucht, die Tür zum Musikverlag gewaltsam zu öffnen. Vorsichtig äugt sie durch den Türspalt, kann aber nichts erkennen.

Jetzt knackt und knirscht es ganz hässlich oben beim Rosenstein! Judith humpelt ans Treppengeländer, von wo aus sie die Tür einsehen kann. Sie steht offen, und Judith sieht frische Späne in Höhe des Türschlosses aus dem Rahmen abstehen. Sie hört Schubladen hastig auf- und zuklappen, etwas schurrt über den Dielenboden. Der Schatten des Einbrechers bewegt sich zurück zur Tür. Offenbar wird etwas sehr Schweres geschleppt. Judith weicht zurück in die Wohnung und bewaffnet sich mit ihren Krücken. Sie linst durch den Türspalt: Jetzt fährt der kleine Fahrstuhl in seinem schmiedeeisernen Gitterturm nach oben. Judith sieht das Gegengewicht des Lifts herabgleiten. Dann wird die Gittertür geöffnet, es rumpelt ziemlich, darauf wird das Gitter zugeschoben. Judith erkennt Herrn Dr. Eckstein-Scholz eingequetscht mit einem Kontrabass in der engen Kabine. Sie öffnet die Wohnungstür wieder und hoppelt mit den Krücken zum Fahrstuhl. Der Notar flucht leise, als er sie sieht, er hat aber fast schon ihr Stockwerk passiert. Da kommt das Gegengewicht mit seinen schnurrenden Umlenkrollen hoch, und Judith sticht mit der ersten Krücke durch die schmiedeeisernen Streben in die fein ziselierten Laufräder. Das Gegengewicht stoppt abrupt, die Krücke knickt und droht unter der Last zu brechen, aber Judith spickt mit der zweiten Krücke nach. Es gibt ein federndes Geräusch, dann einen Knall: Die Sicherung ist herausgeflogen, das Treppenhauslicht erlischt und der Fahrstuhl hängt fest zwischen der ersten Etage und dem Erdgeschoss!

Der Notar flucht jetzt laut und unflätig, er verlangt von Judith, die Sicherung wieder einzusetzen. Judith kichert nur: Selbst wenn der Elektromotor Saft bekäme, würde sie die verbogenen Krücken nicht wieder aus der schmiedeeisernen Hülle der Fahrstuhlkonstruktion herausziehen können und die Kabine sich keinen Fingerbreit mehr bewegen!

Judith zieht ihr Handy aus der Tasche und drückt die Notruftaste. Polizeihauptmeister Paulsen ist völlig genervt, als er die aufgeregte Mädchenstimme hört: In der Moorweide 18 wohnt doch der gerade Verhaftete! Erst diese undurchsichtige Maskerade in der Residenz und ein paar Minuten später nun noch ein Einbruch beim Täter! Fluchend er schickt einen Streifenwagen auf den Weg. Es dauert eine ganze Weile, bis die Polizisten den durchwühlten Musikverlag inspiziert und den Delinquenten in seiner winzigen Zelle verhört haben. Der Notar wirkt sehr bockig, spricht von Freiheitsberaubung und verlangt einen Anwalt.

Und es dauert noch eine ganze Weile länger, bis ein Monteur gefunden ist, der bereit ist, seine Mittagspause zu unterbrechen und mit diesem antiken Fahrstuhl vertraut ist: „Von Rechts wegen dürfte der gar keine Zulassung mehr zur Personenbeförderung haben, aber manchmal geht Denkmalschutz wohl vor TÜV", schimpft der Mechaniker leise vor sich hin, und wenigstens darin ist er sich mit dem Gefangenen einig.

Mirhat hat keinen Bock darauf, den Bullen noch einmal im Foyer über den Weg zu laufen. Er taucht erst wieder aus der Tiefgarage auf, als die Polizei mit Herrn Rosenstein und die Kriminalpolizei mit den ‚Blauen Pferden' abgezogen ist. Mirhat verteilt ein High Five an alle Araber und entschuldigt sich mit tiefen Verbeugungen bei den beiden Hotelbediensteten, die ihm spaßhaft mit dem Finger drohen. Mirhat vergisst auch nicht, das Kaugummi vom Auge der Lichtschranke zu puhlen. Dann fährt er den Cadillac vor, und die Schauspieler steigen ein.

Sie staunen nicht schlecht, als sie an der Moorweide 18 vorfahren und Judith einseitig bezopft und quietschvergnügt ohne Krücken zwischen lauter Polizeibeamten und Handwerkern vor dem Hauseingang entdecken.

„Wenn ihr mich nicht mitnehmt, muss ich wohl mein eigenes Ding drehen: Der Dreckmann hat den Rosenstein beklaut, und ich hab den Dreckmann festgesetzt. Die Polizisten wollten gar nicht glauben, „schon wieder einen Geigenkasten mit Bildern" zu finden. Dabei ist es diesmal ein ordentlicher Kontrabasskasten mit richtig vielen Bildern! Übrigens stand hier im Hauseingang schon ein kleiner Rollkoffer mit einem Online-Ticket abreisebereit – das Ticket ist ausgedruckt am 26.05.2015 um 12:36 Uhr. Rosenstein hatte kaum seinen Verteidiger angerufen, da bereitete der Einbruch und Flucht vor: Mit Kontrabass und Erster-Klasse-Ticket nach Basel, Abfahrt Dammtor 13:40 Uhr!"

Als endlich alle Polizisten und Handwerker abgezogen sind, fragt Steve Houchang: „Sag mal, wo ist dein Bruder mit dem Caddy eigentlich hin?" Houchang entgegnet: „Ich glaube, Mirhat hat als Entschädigung für seinen freundlichen Überfall versprochen, nach Dienstschluss in der Residenz Julia und Nazamin abzuholen, um mit ihnen einmal um die Alster zu fahren." Und e r setzt grinsend hinzu: „Und ich glaube, dass Nazamin sich schon darauf freut!"

„Also, wie geht es nun weiter?" fragt Steve mit einem zweifelnden Blick in die Runde. Judith ist überzeugt: „Das ist doch sonnenklar – Rosenstein verschwindet im Knast, die Erben der letzten Eigentümer des Pferdeturms werden ausfindig gemacht, die RDB-Partei wird dichtgemacht und die RDB-Führung wird festgesetzt!"

„Gut gebrüllt, Löwe", lächelt Kofi seine Schwester an. „Glaubst du wirklich, der RDB gibt kampflos auf? Wenn die Typen seit Jahrzehnten die Sicherheitsbehörden infiltriert haben und die Bundesrepublik an der Nase herumführen, wenn die schon so oft die Verfolgung rechtsradikaler Straftaten haben ins Leere laufen lassen, werden sie auch jetzt alles Mögliche in Gang setzen, um Sand ins Getriebe zu streuen!

Es kann uns passieren, dass wir uns wegen unserer Maskerade verantworten müssen und Herr Rosenstein seine ganze Beutekunst zurückbekommt – zumal, wenn sich die Erben nicht ermitteln lassen oder verschiedene Parteien um die Bilder streiten." – „Was schlägst du denn vor?" möchte Houchang wissen.

Kofi lächelt überlegen und legt sein Smartphone auf den Tisch. Er startet die Aufzeichnung, und man hört Rosenstein flehen:

„Aber ich habe eine Verabredung mit Herrn Scheich Zayed bin Sultan äh ..." – *„Sie haben eine Audienz beim Emir Zayed bin Sultan Al Nahyan? Warten Sie bitte einen Augenblick!"* Die Freunde starren auf den kleinen Monitor mit dem zerknirschten Rosenstein. Kofi lacht nun laut: „Bingo, ich habe auch alles mitgeschnitten!"

Steve beendet als erster den Freudentaumel der Freunde und

sagt ernst: „Supergeil, Kofi, aber als illegaler Videoclip bestimmt nicht gerichtsfest." Ungerührt entgegnet Kofi: „Darf ich einmal an Houchangs Lauschangriff erinnern? Auch illegal, aber er hat uns die Augen geöffnet! Wenn wir wirklich sichergehen wollen, dass die Öffentlichkeit die Wahrheit erfährt, müssen wir das Material den Medien zuspielen."

„Du willst die Geschichte verkaufen?" fragt Judith. Kofi stupst ihr liebevoll auf die samtweiche Nase. „Nein, Schwesterherz, Wahrheit kann man nicht verkaufen, man kann sie nur verbreiten! Die wiedergefundenen ‚Blauen Pferde' werden die Schlagzeile des Jahres, aber die jahrzehntelange Wühlarbeit der RDB-Mafia zur Zerstörung der deutschen Demokratie ist die wichtigere Message – das müssen die Leute erfahren!"

Kofi deutet auf Judiths Halbfrisur: „Und wie geht das nun weiter?"

Steve antwortet gedankenverloren: „Da hätte ich eine Idee!"

Tulpen aus Amsterdam

Rebecca staunt nicht schlecht, als sie das Empfangskomitee am Wagenstandsanzeiger entdeckt. Sie hat ihrem Freund viel von ihrem Sohn erzählt. Enno findet es sehr witzig, dass Rebecca ihren Sohn Lönne auf Schwedisch ‚Teddy' nennt, der sich aber von seinen Freunden Steve rufen lässt. Leider hat Rebecca Ostern ihr Smartphone versehentlich mit ihrer Jeans in die Waschmaschine gestopft. Deshalb hat sie Enno während der Bahnfahrt auf ihrem neuen Handy keine aktuellen Fotos ihres Kindes zeigen können. Enno hat sich unter einem Teddy einen kleinen dicken blonden Jungen mit abstehenden Ohren vorgestellt, aber die stolze Mutter hat doch noch in ihrem Portemonnaie ein älteres Bild von ihrem Nalle gefunden, auf dem das Einzelkind mit den vielen Vornamen ganz schlank und nett aussah.

Da Enno und sie diesmal Zweiter Klasse fahren und ihr Waggon im hinteren Teil des ICE angekoppelt ist, hat Rebecca genügend Zeit, ihren Freund auf den Empfang vorzubereiten. „Siehst du die vier jungen Leute da vorn beim Wagenstandsanzeiger, Enno? Welcher ist wohl Nalle?" – „Oder Lönne oder Bo oder Veit oder Steve, wie ihn seine Freunde nennen? Lass mich mal raten: Ich denke mal, das hübsche Mädchen mit den lila Krücken ist es nicht, der große Schwarze auch nicht und der kleine Schlanke ist zu dunkelhaarig – es muss der große Blonde sein, der dir so verflixt ähnlich sieht" und küsst sie auf den Mund. Rebecca trägt einen großen Strauß Tulpen im Arm, als Steve sie am anderen Ende des Zuges erkennt.

„Hallo, mein Kleiner, da seid ihr ja! Das ist Enno Jacobsen – und das sind übrigens die einzigen Tulpen in ganz Amsterdam. Herr Jacobsen ist zwar Wissenschaftsjournalist, aber die Botanik ist nicht seine Stärke: Die Tulpenblüte in Holland ist seit mindestens drei Wochen vorüber. Gut, dass er diese letzten Tulpen hier noch in einem Blumenladen gefunden hat..."

Steve küsst seine Mutter auf die Wange: „Hi, Rebecca, schön, dass ihr so pünktlich seid!" Und zu Herrn Jacobsen gewandt stellt er sich vor: „Hallo, ich bin Steve, und das sind meine Freunde Judith, Kofi und Houchang." – „Freut mich, euch alle kennenzulernen! Ich bin einfach Enno, wenn es recht ist." Als sie die Treppen hinuntergehen, fragt Rebecca ihren Sohn, was der große Bahnhof zu bedeuten habe und wieso Judith jetzt Rebeccas lila Krücken benutze, die seit ihrem Skiunfall vor drei Jahren in der Schweiz unbenutzt im Schirmständer der Garderobe gesteckt hatten.

„Das ist eine ziemlich vertrackte Geschichte – vielleicht sollten wir einfach mal bei dem Italiener einkehren." – „Okay, ich hatte ja sowieso versprochen, mit dir Essen zu gehen." „Eine gute Idee!" sagt Enno, „ich habe einen Bärenhunger und lade euch gern ein." – „Äh, Herr Enno, das ist der Laden meiner Eltern, und wenn die sich dazusetzen dürfen, werden sie uns alle gern einladen" wendet Houchang ein.

Rebecca wird das Ganze unheimlich: „Nalle, was habt ihr wieder angestellt?"

„Entschuldigung, Rebecca, du meinst Steve." Enno erntet einen dankbaren Bick von Steve.

„Also, gut, dann gehen wir jetzt alle ins ‚Don Giovanni'!" gibt Rebecca auf.

Es ist nach den Pfingsttagen nicht mehr viel los in der Pizzeria. Die Eltern Asfaram stellen noch einen weiteren Tisch in die „Rosenstein-Grotte", wie sie nun allgemein genannt wird, dann setzt sich die Gesellschaft. Zufällig sitzt Judith mit ihrem Gipsbein neben Steve, der wiederum ein Tischbein zwischen seinen Beinen hat. Der angebliche Scheich berichtet nun von seinem Ankauf der ‚Blauen Pferde', und die anderen Freunde ergänzen so manches Detail:

Er vergisst, den alten Gärtner Peters zu erwähnen, der frühmorgens Mirhat mit dem Cadillac über einen versteckten Betriebsweg in den Tierpark gelassen hatte, um die orientalische Verkleidung abzuholen, außerdem musste Kofi den alten schwarzen Anzug seines Stiefvaters Christoph heimlich ausleihen – letztes Jahr hatte das Jackett noch locker gepasst, aber jetzt waren die Schultern recht eng geworden. Und Judith hatte erst Steve geschminkt und dann ewig den alten Koffer mit Schuhcreme bearbeitet, bis er glänzte wie ein Honigkuchenpferd.

Und dass Mirhat die grandiose Idee mit dem Pizza-Überfall gehabt hatte, wirft Houchang ein, und sogar daran gedacht hatte, dass alle Schauspieler gültige Ausweise bei sich tragen sollten, damit sie nicht nach dem Alarm von der Polizei einkassiert würden. Und Kofi hatte ganz schön Schiss, die alten Pistolen aus dem Depot zu holen. Houchang hatte vorsichtig die Waffen untersucht und herausgefunden, wie man die Magazine entleert, damit es nicht zu einer Schießerei kommen konnte. Und dass dem Bodyguard plötzlich nicht mehr die englische Vokabel für ‚breitbeinig' eingefallen war, was Rosenstein in seiner Panik wohl nicht bemerkt hatte, ist Kofi immer noch peinlich. „Aber ihr glaubt nicht, wie der Rosenstein gemüffelt hat: nach altem Mann, Schweiß und Pipi – das hat mich echt benebelt!"

Und wie traurig Judith war, dass sie mit ihrem Gipsbein nicht mitmachen konnte. Dabei hatte Mirhat auch ihre vollständige Verkleidung mitsamt Schmuck mitgebracht. Aber die Jungen hatten Accessoires wie Krücken oder Rollstuhl für eine Haremsdame als unrealistisch bezeichnet. Dass sie heimlich geheult hatte, als die Staatskarosse ohne sie abgefahren war, berichtet Judith allerdings nicht...

Währenddessen bereitet Mirhat fröhlich die verschiedenen gewünschten Pizzen und Hafiz serviert sie ebenso freudestrahlend. Die Brüder werden von den Gästen gedrängt, sich dazuzusetzen, denn sie haben ja auch tragende Rollen in der Camouflage gespielt – allein Mirhats Pizza-Überfall war der Schlüssel zum Erfolg gewesen. „Nein, nein, keiner war so klasse wie Kofi!"

wehrt Hafiz für Mirhat den Ruhm ab, aber sie nehmen dann doch Platz.

Nun wird es muckelig eng in der Grotte. Rebecca stört es nicht, sich an Enno schmiegen zu müssen, und auch Steve räumt mit Judiths Einverständnis die Krücken in die Ecke, damit sie enger zusammenrücken können.

Nachdem die letzten Gäste im vorderen Teil der Pizzeria gegangen sind, schließt Vater Asfaram die Eingangstür ab und hängt das Schild ‚Geschlossene Gesellschaft' ins Fenster.

Nun können sich alle ungestört unterhalten. Enno und die Asfaram-Eltern verstehen die Zusammenhänge nicht gleich, sodass Rebecca die Vorgeschichte kurz zusammenfassen muss. Aber die Geschichte mit dem Waffenfund und dem Pfingst-Treffen ist auch für Rebecca absolut neu. Deshalb spielt Houchang Kofis Videoclip vom Pferdehandel über den Breitwand-Fernseher der Pizzeria ab, und es gibt manchen Szenenapplaus. Mirhat freut sich, als man ihn im Hintergrund zum Caddy huschen sieht.

Als der ziemlich verwackelte Film zu Ende ist, nickt Enno beeindruckt.

„Aber das war ja noch nicht alles – den dicksten Fisch hat Judith gefangen!" erzählt Steve, und berichtet, was in der Moorweide 18 abgelaufen ist.

Als Rebecca sich den smarten Notar eng an einen Kontrabass gequetscht in seinem winzigen Vogelkäfig vorstellt, lacht sie laut auf: „Supergeile Aktion, Judith – supergeile Frauenpower!"

Judith freut sich sehr über das Lob und lacht über das ganze Gesicht, dass die Augen zu Sehschlitzen werden. Mit ihren vielen bunten Zöpfen sieht sie wirklich niedlich aus, findet Rebecca. Judith drückt Steves Hand, und auch er strahlt über ihren gemeinsamen Erfolg.

Enno starrt seine Freundin gespielt entsetzt an: „Ey, Alte, was für'n vulgären Schnodderton hast du denn drauf?"

Die anderen jubeln über die beiden alten Proleten.

Dann kommt Enno aber doch ins Grübeln: „Sagt mal, können wir Houchangs Brotkorbgespräch auch noch einmal hören?"

Gern zieht Houchang sein Smartphone aus der Tasche und spielt den Mitschnitt noch einmal ab.

Nach Houchangs *„Scusate la mia goffaggine, Signora!"* sagt Enno nachdenklich: „Ihr habt zwar etwas Unglaubliches geleistet, indem ihr diese kriminelle Vereinigung aufgedeckt habt – aber die ganze politische Tragweite bleibt noch im Hintergrund. Die Medien werden ausführlich über die skurrilen Rosensteins mit ihrer Raubkunst berichten und es wird viel Aufregung um die Eigentumsfrage der Werke geben.

Aber der viel größere Skandal ist doch, dass die Opfer mit ihren Gemälden noch Jahrzehnte nach ihrem schrecklichen und sinnlosen Tod die Existenz ihrer Mörder und deren Rassismus finanzieren müssen und dass die alten braunen Seilschaften nichts weniger planen, als sich der Wirtschaft zu bemächtigen und letztlich unseren demokratischen Rechtsstaat zu stürzen!

Es bleibt so viel zu klären: Wer war der alte Samuel Rosenstein wirklich und was hat er außer den Bildern im Magazin noch alles abgezweigt? Welche gemeinsame Vergangenheit hatte er mit dem alten Rudolf Sengmeier und wer waren die übrigen Gründungsmitglieder des Bundes? Welche Aufgaben hatte der – heißt der wirklich so – Dreckmann? Was hat es eigentlich mit dem Waffendepot auf sich: Wer hat es angelegt, wer vom Bund kennt es und weiß die Polizei auch schon davon? Wie viele Straftaten von Rockerbanden und welche ungeklärten Terrorakte gehen tatsächlich auf das Konto der kriminellen Vereinigung, wie viele ‚Personenschäden' der Bahn sind auf den RDB zurückzuführen?"

Ennos viele offene Fragen machen die Freunde ratlos: „Also, wir haben der Polizei das Depot nicht auf die Nase gebunden, aber wir sind auch noch nicht zur Herkunft der Pistolen befragt worden. Und Herr Rosenstein wird sich nicht selbst belasten..."

Enno will das Thema morgen mit der Chefredaktion abklären, wahrscheinlich auch mit dem Hörfunkdirektor und vielleicht sogar noch mit dem Intendanten persönlich. Und wie Enno seine Oberchefs einschätzt, werden die bei dem Thema Nationalsozialismus und Beutekunst Blut lecken und die Recherche-Abteilung des Senders auf Trab bringen! „Das wäre der sicherste Weg, dass unsere Ermittlungen keinen unnötigen Staub aufwirbeln."

Rebecca schmunzelt ein wenig: „Na, jetzt fährt Enno aber den Investigativ-Journalisten ganz schön hoch – zur Tulpensaison hätte er nur mal die Blumenfrau von nebenan fragen müssen..."
„Liebe Rebecca, natürlich weiß ich, wann die Tulpen in Amsterdam blühen – aber wie sollte ich dir die Reise denn sonst schmackhaft machen?"
Rebecca ist plötzlich überrascht von Ennos professioneller Abgefeimtheit und richtet sich auf: Er hat sie gegen besseres Wissen mit den Tulpen nach Amsterdam gelockt und sie ist ihm prompt auf den Leim gegangen!
„Vielleicht hättest du mich mit dem Rijksmuseum mindestens so gut ködern können, mein Schatz?"
Enno wird es jetzt etwas unangenehm. Er hatte Rebecca wohl unterschätzt. Entschuldigend zieht er sie etwas an sich heran, dann wendet er sich an die Gruppe:
„Okay, also treffen wir uns morgen nach Schulschluss erst in der Moorweide 18. Ich werde einen Kameramann und einen Militärhistoriker mitbringen, und dann werden wir das Waffenversteck genau dokumentieren, bevor es von der Polizei aufgedeckt und

abgeräumt werden kann."

Und mit einem Zwinkern setzt Enno hinzu: „Man kann ja nie wissen, was dann passiert und ob unter den Kriminalern nicht auch RDB-Maulwürfe sind."

„Wer ist jetzt ‚wir'?" fragt Steve misstrauisch nach. „Pass auf, Steve, an diesem Tisch sitzt niemand, der nicht ins Feindbild des RDB passt: Deine Mutter und du, ihr tragt einen jüdischen Familiennamen, die Asfarams sind Perser und die Grobecks haben afrikanische Wurzeln." – „Na, und du?" – „Ich habe eine polnische Mutter, die aus der Nähe von Gdansk stammt – reicht das?" Rebecca staunt: „Ach, daher konntest du so gut Polnisch in Danzig sprechen, weil es deine zweite Muttersprache ist!"

Enno lächelt seine Freundin verschmitzt an: „Dokładnie tak to jest, moja ukochana!" – „Wie bitte?" – „Genau so ist es, meine Liebste!"

Enno nimmt den Faden wieder auf: „Wir dürfen die Gefahr nicht unterschätzen, die von Dr. Meyers Frau Irene, der Hyäne, ausgeht. Ich möchte keine weiteren ‚Personenschäden' riskieren und deshalb den Medien keine individuellen Namen preisgeben. Können wir nicht alle zusammen als Team auftreten und uns auf die Bezeichnung ‚Recherche-Kollektiv' einigen?"

Rebecca ist noch immer ein wenig verschnupft und wirft ironisch ein: „Das ist ja ein sehr eingängiger Begriff, den deine Hörer sofort verstehen! Wie wäre es mit ‚Taskforce Blaue Pferde' oder ‚Grottenolm-Jäger'? Da blüht doch die Fantasie!

Übrigens könnte ich mit meiner Arbeit auch ein wenig zur Aufklärung beitragen, schließlich habe ich schon einmal letzte Woche eine Kopie des vergessenen Lützen-Dossiers aus dem Stadtarchiv Lübeck angefordert. Im Staatsarchiv Hamburg haben wir kurze Wege zu den unterschiedlichsten Behörden, die Akte könnte morgen schon da sein."

„Das wäre natürlich sehr hilfreich, aber Vorsicht mit allen Behörden – wir sollten möglichst erst einmal nur das, was wir selbst in Erfahrung bringen können, verwenden."

„Okay, die alten Wiedergutmachungsakten lagern direkt in unserem Staatsarchiv, und wenn die Lützen-Akte eingetroffen ist, hätten wir doch schon mal die wichtigsten Informationen beisammen!

Vielleicht könnte Kofi uns auch einmal den Kupferstich des Lindleyschen Röhrensystems fotografieren, damit wir herausfinden, ob es zum Beispiel die RDB-Immobilien der Bauern, Betriebswirte und Bierbrauer und sogar das Polizeipräsidium verbinden könnte."

„Das sind auch alles Tarnorganisationen des Reichsbundes?" fragt Enno Rebecca erschrocken. „Also, ich hoffe, dass du das Polizeipräsidium nicht auch schon als RDB-Tarnorganisation ansiehst!" lacht Rebecca.

Die ganze Grotte ist sich einig: ‚Taskforce Blaue Pferde' soll es sein! Enno umarmt seine Freundin – und Judith gleich mit. Das findet Steve etwas zu einnehmend und wirft einen finsteren Seitenblick auf den vorlauten Rundfunkfritzen. Der zieht verlegen seinen Arm von Judiths Schultern zurück, die sich nun leicht an Steves Schulter lehnt. Steve nimmt Judith ganz sanft in den Arm, mit der anderen Hand berührt er ihre weiche Nase. Kofi grinst unverschämt herüber.

Rebecca sieht nicht nur Enno in neuem Licht, sondern betrachtet auch ihren Sohn Steve und seine großartigen Freunde mit ganz anderen Augen. Sie ist stolz auf die bunt zusammengewürfelte ‚Taskforce' und lächelt still in sich hinein.Rebecca ist sicher: Die Geschichte über den falschen Rosenstein und die ‚Blauen Pferde' wird bestimmt so packend, dass die Hörer glauben, den Zusammenbruch des Nazi-Regimes und die Neugrün- dung des Reichsdeutschen Bundes im ehemaligen Magazin an der Moorweide 18 live mitzuerleben. Enno könnte die Sendung anmoderieren mit dem Titel: ‚Der Wolf im Schafspelz oder das Böse hat überlebt' – oder nein, noch besser: ‚Rückblende Kriegsende – wie aus Tätern Opfer werden'. Gemeinsam werden sie es schaffen: Die Wahrheit wird endlich ans Licht kommen!

Epilog

*„Das Geheimnis des Glücks ist die Freiheit, das Geheimnis der Freiheit aber ist der Mut"**

Ein selbstbestimmtes Leben führen zu können, ist keine Selbstverständlichkeit. Immer wieder werden auf unserer Welt unschuldige Menschen politisch oder rassistisch verfolgt. Einige von ihnen können fliehen – oft nur mit dem, was sie auf dem Leibe tragen. Asyl ist keine Gnade, sondern ein Menschenrecht.
Der Nationalsozialismus hat gezeigt, dass selbst unsere hochzivilisierte Gesellschaft mit ihrer großartigen Kultur innerhalb weniger Jahre von primitivem Terror bis zur Unkenntlichkeit zerfressen werden kann. Mir ist es bis heute ein Rätsel geblieben, wie in Hitlers Namen Heerscharen von namenlosen Tätern und Mitwissern den Mord an Millionen Mitmenschen organisieren konnten. Unfassbar ist es, dass bis auf wenige Ausnahmen diese feigen Mörder auch nach dem Zusammenbruch des Regimes für ihre Taten nie zur Rechenschaft gezogen worden sind!

Größte Hochachtung habe ich demgegenüber vor unseren deutschen Widerstandskämpfern, die mutig für ihre Überzeugung ihr Leben riskierten und größtenteils verloren: Sie hatten theoretisch die Möglichkeit, einen leichteren Weg zu wählen und zu „kuschen". Sie haben es aber nicht getan.

Mit dem Mut der Verzweiflung kämpften die verfolgten Minderheiten wie Juden, Sinti oder Roma ums nackte Überleben: Sie konnten ihre Identität nicht ablegen und in der Menge untertauchen. Die Vorstellung, dass die Familie Asser noch beim Aufstand im Warschauer Ghetto mitgekämpft haben könnte, beschäftigt mich sehr. Wenn auch heute die Eckdaten der Hitler-Diktatur jedem deutschen Schulkind bekannt sind, bleibt das Ausmaß der Katastrophe unbegreiflich. Ich habe daher versucht, die Schoah an einem konkreten Beispiel zu darzustellen:

Über das Schicksal meiner Familie während der Nazi-Zeit wusste ich vieles aus Erzählungen – aber bei weitem nicht alles, was Kurt und Lissy in diesem Roman berichten: Wie vermutlich in den Familien der NS-Täter gab es auch in vielen „Opferfamilien" Einzelheiten, die so unerträglich waren, dass sie wissentlich verdrängt wurden und niemand danach fragen durfte.

Ich habe daher die fehlenden Details in Archiven recherchiert. Bei meiner Erzählung habe ich mir allerdings einige kleine künstlerische Freiheiten erlaubt, um die Familiensaga etwas übersichtlicher zu gestalten als sie wirklich war:

Tatsächlich war mein Urgroßonkel Cäsar Asser mit seiner Familie nach Göttingen gezogen, wo Kurt und Lissy auch aufgewachsen sind. Da der Nazi-Terror aber durch die Gleichschaltung seiner Verordnungen kaum lokale Unterschiede aufwies und ich bessere Ortskenntnisse in meiner Heimatstadt habe, habe ich Kurts Familie einfach in Hamburg bei den anderen Söhnen Salomons belassen. Deshalb sind auch die dokumentierten Misshandlungen der Familie von Göttingen nach Hamburg transponiert worden.

Den NSDAP-Ortsgruppenführer Schröder gab es in Hamburg tatsächlich, wahrscheinlich hieß er nicht Siegfried mit Vornamen. Er stand der Ortsgruppe Goldbekufer vor, und es ist aktenkundig, dass er meinen Großvater Herbert Asser wegen seiner jüdischen Abstammung denunziert hatte. Daraufhin verlor mein Großvater seinen Arbeitsplatz und musste jahrelang Zwangsarbeit unter unmenschlichen Bedingungen in Hamburgs Kriegstrümmern leisten. Der Ortsgruppenführer wurde nie zur Rechenschaft gezogen.

In meiner Geschichte habe ich ihm daher stellvertretend für seine Göttinger Kameraden die Übergriffe auf die Produktenhändler Cäsar Asser und Fritz Cohen zur Last gelegt.

Und eine zweite Vereinfachung habe ich bei Salomons Söhnen vorgenommen: Der älteste Sohn hieß Martin, er starb bereits 1926 an Nierenkrebs. Über ihn habe ich nur wenige Daten gefunden, während Hermann Assers Geschichte und die seiner Familie in den Wiedergutmachungsakten des Hamburger Staatsarchivs detailliert dokumentiert ist.

Hermann und seine Frau Jettchen haben wie der Sohn Ludwig zwar die Deportation überlebt, aber ihre zahlreichen anderen Kinder und Enkel nicht.

Julius und Hermann waren zwar nur Vettern, aber mit einem Altersunterschied von drei Jahren sind sie gemeinsam im Hamburger Judenviertel aufgewachsen. Sie haben ein Leben lang nachbarschaftlich gelebt und sind bis zu ihrem Tod eng befreundet gewesen. Deshalb habe ich Hermann an Martins Stelle gesetzt.

Aus den früheren Erzählungen meines in Frankreich im Alter von 99 Jahren verstorbenen Großonkels weiß ich, dass siebzehn Mitglieder der Familie Asser von den Nationalsozialisten gezielt verfolgt und getötet worden sind und dass eine Göttinger Familienangehörige unter ihnen eine bekannte Bratschistin gewesen ist.

In dem kurzen Film von der Deportation am 26. März 1942, den Kurt erwähnt, lassen sich Lissy, Kurt und einige andere Personen identifizieren. Ein älterer Schüler hält einen Geigenkasten umklammert. Da ich die Bratschistin nicht identifizieren konnte, habe ich Lissy die Rolle der begabten Musikerin zugewiesen.

Auch Kurts Lehrjahr in Berlin habe ich mit Leben erfüllt. Es gibt keine Informationen darüber, wo und unter welchen Umständen Kurt in Berlin gehaust und welche Lehre er dort begonnen haben könnte – zumal Juden in dieser Zeit jede offizielle Handwerksausbildung verwehrt wurde.

Schließlich kann ich nicht belegen, dass Kurt mit dem jungen jüdischen Fälscher bekannt war – aber ich halte es angesichts der überschaubaren Zahl der jüdischen Jugendlichen in Göttingen für sehr wahrscheinlich, weshalb David Kurts Freund in der Druckerei des Musikverlags werden durfte.

Die Herde blauer Pferde hatte Franz Marc mehrfach variiert. Der ‚Turm der blauen Pferde' entstand im Jahr 1913. Das Gemälde befand sich zuletzt im Besitz von Hermann Göring, der es aus der Ausstellung ‚Entartete Kunst' im Jahr 1937 abgezweigt hatte.

Hitlers Reichsmarschall hatte es mit rund 1800 anderen erbeuteten Werken in seinem Jagdschloss ‚Carinhall' bei Berlin ausgestellt. 1943 ließ er die meisten Bilder in ein Salzbergwerk einlagern, um sie vor Luftangriffen zu schützen. Ob er den ‚Turm der blauen Pferde' zum Kriegsende mitsamt dem Schloss in die Luft sprengen ließ oder ob das Bild vorher noch versteckt wurde, ist nie geklärt worden.

© Artothek Bildagentur der Museen Weilheim

Es wäre also möglich, dass der ‚Turm der blauen Pferde' noch in einem feuchten Verlies rottet, bei irgendeinem verschrobenen Enkel eines NS-Kunstexperten oder eines Soldaten der Alliierten im Schlafzimmer hängt. Vielleicht ist das Werk seinen Dieben und Hehlern noch ein paarmal geklaut worden oder schlicht in einem Safe in der Schweiz vergessen worden.

Louise Ringlblum, Tochter des Polsterers Julius Asser, ist eine frei erfundene Tante zweiten Grades, die die Brücke baut zwischen den realen Geschwistern Lissy und Kurt Asser und der fiktiven Person des Lönne Bo Veit Nalle Steve Levy in meiner Geschichte.

Die Geschichte um Nalle bzw. Steve und seine Freunde ist ebenso frei erfunden, wie der Musikverlag und die Bewohner der Moorweide 18 oder der RDB mit seinen vielen Aktivitäten. Jede Namensgleichheit ist rein zufällig.

Die nationalsozialistische Durchsetzung der bundesrepublikanischen Sicherheitsdienste in der Nachkriegszeit dagegen ist gut belegt (s. weiterführende Literatur). Auch aus privaten Quellen weiß ich, dass noch weit in die Sechziger Jahre des letzten Jahrhunderts hinein die „alten Kameraden" in Hamburg ein konspiratives Netzwerk unterhielten und sich finanziell gegenseitig unterstützten.

Ich kann also den Inhalt meiner Geschichte zusammenfassen: Die Albträume sind bittere Wahrheit, die Wirklichkeit ist hoffentlich Fiktion.

*Thukydides Peloponnesischer Krieg, 2, 43, 4 / Perikles

Danksagung

Der Roman ist eher zufällig entstanden und seine Handlung hat sich – nachdem der Stein erst einmal ins Rollen kam – fast von allein entwickelt: Auf der Suche nach meiner eigenen Herkunft bin ich meiner Familie näher gekommen, als ich es je erwartet hätte.

Mein Wunsch, Lissy und Kurt stellvertretend für alle anderen jüdischen Kinder, die aus Göttingen deportiert wurden, einen Stolperstein zu stiften, stieß lange Jahre auf Ablehnung in der Stadt.

Also entschloss ich mich, gegen das Vergessen literarisch einen Stolperstein in Form eines Kriminalromans für Menschen in Lissys und Kurts Alter zu setzen. Nach Erscheinen des Romans erhielt die Familie Asser am 17. März 2015 vor allem dank der aktiven christlich-jüdischen Gesellschaft in Göttingen doch noch Stolpersteine des Künstlers Gunter Demnig im Papendiek 26.

© Christoph Mischke, Göttingen

Danksagen möchte ich meiner Frau Marleen, die mich mit ihrem Hinweis auf Lissy und Kurt Asser erst auf die Spur der spurlos Verschwundenen gesetzt hat. Marleen hat nicht nur geduldig meine Arbeit in den Archiven und am Computer ertragen, sondern auch die literarische Umsetzung konstruktiv begleitet.

Frau Ulrike Ehbrecht vom Stadtarchiv Göttingen hat mir durch ihre aufmerksame und umsichtige Beratung weitere wichtige Informationen über den Göttinger Zweig der Familie Asser erschlossen, dank ihrer Hinweise konnte ich Kurts und Lissys kurze Leben rekonstruieren und skizzieren. Vermutlich sind beide mit ihren Eltern und Oma Bertha Fernich im Warschauer Ghetto ums Leben gekommen.

Frau Erika Mischke, geborene Moser, danke ich für ihre persönlichen Erinnerungen an ihre Klassenkameradin Lissy und deren Familie, die sie mir zur Verfügung gestellt hat. Ihr Sohn Christoph Mischke hat mich bei den Illustrationen fachlich unterstützt.

Frau Sylvia Steckmest und Herr Jürgen Sielemann, Vorsitzender der Hamburger Gesellschaft für jüdische Genealogie und ehemaliger Archivar des Staatsarchivs Hamburg, haben mir die Grundzüge der Familientafel Asser in Altona bzw. Hamburg aufgezeigt und weitere Details zur Genealogie und zur Namenssystematik sowie zur Beerdigungskultur auf dem Jüdischen Friedhof Ilandkoppel in Hamburg erläutert.

Frau Barbara Koschlig vom Staatsarchiv Hamburg hat mich ebenfalls fachlich sehr intensiv unterstützt. Frau Koschlig hat mir die Wiedergutmachungsakten der Hamburger Assers herausgesucht und zugänglich gemacht. Irmtraut und Martin Mitzkus danke ich für ihre Hilfe bei der Gewinnung weiterer Informationen zu Deportationen jüdischer Bürger während der Nazi-Herrschaft.

Mein Kollege Houshan Zenouzi hat mir geholfen, die mögliche Flucht der Familie Asfaram aus Persien zu entwerfen. Einigen Eltern meiner Patienten verdanke ich weitere Details zu den Verhältnissen in ihren Heimatländern, aus denen sie flüchten mussten. Anne-Lise Ram hat als ehemalige Prokuristin in einer traditionsreichen Hamburger Druckerei mich bei der Geschichte der Drucktechniken fachlich beraten, während

Martin Tschechne mich über die verschiedenen Möglichkeiten des Kunsthandels aufgeklärt hat.

Meinen Schwiegersohn Clemens Hermann konnte ich zum Auftrag und zur Organisation öffentlich-rechtlicher Rundfunkanstalten befragen.

Meinem Sohn Michael danke ich für die Umschlaggestaltung.

Nicht zuletzt sei meiner Tochter Claudia und meinem Sohn Matthias, aber auch den anderen Testleserinnen und Testlesern aus meinem privaten Umfeld, gedankt für die kritische Durchsicht des Manuskripts und für die vielen wertvollen Anregungen.

Bei allen zukünftigen Leserinnen und Lesern hoffe ich auf Nachsicht für die noch verbliebenen Fehler im Text.

Erklärungen und weiterführende Literatur

Erklärungen

Bar Mizwa	rituelle Aufnahme jüdischer Jungen im Alter von 13 Jahren als mündige Gemeindeglieder
Chanukka	Fest zur Wiedereinweihung des Tempels
Elbsegler	flache Schirmmütze, die bei Seeleuten auf der Elbe verbreitet ist
Fiskus	hier: Finanzverwaltung der Bundesrepublik Deutschland
Gautschen	traditioneller Schriftsetzer- und Buchdruckerbrauch, bei dem die Lehrlinge nach bestandener Prüfung in eine Wasserwanne getunkt werden. Das Gautschen geht auf den Vorgang des Papierschöpfens zurück
Hangaround	junger Mann, der für Rocker Hilfsdienste übernimmt, um später in den Club aufgenommen zu werden
Jom Kippur	Versöhnungsfest
Menora	siebenarmiger Leuchter
Monstranz	tragbares Heiligtum, oft im Zentrum einer Prozession

Nürnberger Gesetze	1935 wurden „zum Schutze des deutschen Blutes und der deutschen Ehre ... Eheschließungen zwischen Juden und Staatsangehörigen deutschen oder artverwandten Blutes" verboten und trotzdem geschlossene Ehen für nichtig erklärt.
NSDAP	Nationalsozialistische Deutsche Arbeiterpartei, ab 1921 Parteivorsitzender Adolf Hitler, von 1933 bis 1945 einzige zugelassene Partei in Deutschland
Ordonnanz	ein Soldat, der zum Dienst als Kellner in Offizier- und Unteroffizierheimen abkommandiert ist
Pessach	Feier der Befreiung aus Ägypten
Rabbiner (Rabbi)	jüdischer Priester und Schriftgelehrter
SA und SS	Sturmabteilung bzw. Schutzstaffel, konkurrierende paramilitärische Organisationen der NSDAP. Die SA wurde nach dem Röhm-Putsch von der SS überflügelt, sie übernahm Polizeifunktion und stellte unter anderem die Wachmannschaften der Konzentrationslager
Schilftag	Schulamts-Kürzel für ‚Schulinterner Lehrerfortbildungstag'
Schoah	das Unheil, die Katastrophe

Sefarden (Sefardim)	von der iberischen Halbinsel vor der Inquisiton geflohene Juden, einige von ihnen waren im Überseehandel wohlhabend geworden und genossen in der Hansestadt Hamburg als „Portugiesen" großes Ansehen. Die Familie Asser gehörte zu den deutschen Juden, den Aschkenasim, die im Gegensatz zu den Sefardim wegen der politischen Repressalien in Deutschland mehrheitlich in ärmlichen Verhältnissen lebte.
Stolpersteine	Gedenktafeln des Künstlers Gunter Demnig in der Größe eines Pflastersteins. Sie werden vor der letzten frei gewählten Wohnung der Menschen im Straßenpflaster verlegt, die in der Zeit des Nationalsozialismus verfolgt, ermordet, deportiert, vertrieben oder in den Suizid getrieben wurden.
Tora (Thora)	die hebräische Bibel, ist für Juden „das Buch der Bücher". Sie ist in hebräischen Buchstaben ohne Vokale geschrieben und umfasst die fünf Bücher Moses mit den 613 Vorschriften (248 Gebote und 365 Verbote). Der hebräische Begriff bedeutet Lehre, Unterricht, Belehrung, Gesetz. Den einzelnen Wörtern und Buchstaben der Thora liegt ein komplexes aber klar strukturiertes System zu Grunde. Deshalb existiert das ungeschriebene Gesetz, dass beim Kopieren der Thorarolle kein Buchstabe – auch wenn er falsch, zu klein oder zu groß geschrieben ist – verändert werden darf. Der Text wird auf handgefertigtem Pergament aus der Haut reiner Tiere geschrieben. (Quelle: Zentralrat der Juden)
Treasurer	Schatzmeister, hier einer Rockerbande

Quellennachweis

Illustration der Judenkennkarten der Kinder Lissy und Kurt Asser
mit freundlicher Genehmigung des Stadtarchivs Göttingen vom 9.1.2014
(Sign.: StadtA Gö, Ordnungsamt Nr. O.XXII 10,1, Kennkarten für
Juden 1938/1939)

Abbildung ‚Turm der blauen Pferde' von Franz Marc
mit freundlicher Genehmigung der Artothek, Bildagentur der Museen,
Weilheim, vom 19.2.2014

Abbildung der Stolpersteine der Familie Asser im Papendiek 26
mit freundlicher Genehmigung des Journalisten und Fotografen
Christoph Mischke, Göttingen

Weiterführende Literatur

Martin Luther: „Von Juden und ihrer Lügen",
erstmals 1543 gedruckt zu Wittenberg durch Hans Lufft

„Volk ohne Raum"
Hans Grimm, Ersterscheinung 1926 im Albert Langen Verlag, München

Wilhelm Reich: „Die Massenpsychologie des Faschismus", September 1933

Tagungsbericht Jüdische Perspektiven auf die Jahre der „forcierten Auswanderung" bis zur Ghettoisierung und Deportation der Juden aus dem Deutschen Reich   (1938/39-1941)

Protokoll der Wannsee-Konferenz vom 20. Januar 1942

„ ...mehr als ein Haufen Steine", Hamburg 1945-1949 Hrsg. Kurt Grobecker, Hans-Dieter Loose und Erik Verg, Ernst Kabel Verlag, Hamburger Abendblatt, 1981, ISBN 3-921909-80-5

Gudrun Pausewang: „Fern von der Rosinkawiese – die Geschichte einer Flucht", Otto Maier Ravensburg 1989, ISBN 978-3423116367

„Die jüdischen Bürger im Kreis Göttingen 1933-1945", ein Gedenkbuch von Uta Schäfer-Richter und Jörg Klein, Hrsg. Karl-Heinz Manegold, Wallstein Verlag Göttingen 1992 – ISBN 3-89244-048-4

Göpfert, Rebecca (Hrsg.): „Ich kam allein. Die Rettung von zehntausend jüdischen Kindern nach England 1938/39", München, 1994, ISBN 3423304391

Leo Trepp: „Die Juden – Volk, Geschichte, Religion", Rowohlt (Marix) 1998, ISBN 9-783865-391049

Tollmien, Cordula, 1933 bis 1945: „Entrechtung, Vertreibung und Ermordung" In: „Göttingen – Die Geschichte einer Universitätsstadt" – Band 3: Von der preußischen Mittelstadt zur südniedersächsischen Großstadt 1866 bis 1989 (Hrsg. Rudolf von Thadden und Jürgen Trittel) im Verlag Vandenhoeck & Ruprecht Göttingen 1999, S. 688-760, ISBN 978-3-525-36199-3

CIA Information Act: "Biographic Sketch on General Reinhard Gehlen" Approved for Release by the Central Intelligence Agency Date 2001

Ina Lorenz: „Ein Heim für jüdische Waisen" in „Jüdische Welten", S. 358, Wallstein Verlag 2005, ISBN 978-3-89244-888-4

„Das Jüdische Hamburg", Wallstein-Verlag 2006, ISBN 3-8353-0004-1

Meyer, Beate (Hrsg.): „Die Verfolgung und Ermordung der Hamburger Juden 1933-1945 Geschichte. Zeugnis. Erinnerung" Wallstein Verlag 2006, ISBN 3-8353-0137-3

Bruns-Wüstefeld: „Lohnende Geschäfte – die Entjudung der Wirtschaft am Beispiel Göttingens", ISBN 3771616018

Encyclopaedia judaica 2007, Stichwort „Felix libertate"

Katrin Greiser: „Die Todesmärsche von Buchenwald – Räumung, Befreiung und Spuren der Erinnerung", Wallenstein Verlag, Göttingen 2008, ISBN 978-3-8353-0353-9

„Hamburg im ‚Dritten Reich'", Hrsg. Forschungsstelle für Zeitgeschichte in Hamburg, Wallstein Verlag Göttingen, 2. Auflage 2008,
ISBN 3-89244-903-1

„Kirschen auf der Elbe", Klaus Schümann Verlag, 2. Auflage 2010,
ISBN 978-3-9810907-5-8

Berliner Zeitung Archiv – 12.07.2010: „Brauner Sumpf" von Andreas Förster: „Jetzt freigegebene Stasi-Akten belegen, dass frühere Nationalsozialisten bei westdeutschen Geheimdiensten und der Polizei Karriere machten."

Helmut und Loki Schmidt in „Kindheit und Jugend unter Hitler",
Pantheon-Verlag, 2012, ISBN 978-3-570-55183-7

Imanuel Baumann/Andrej Stephan/Patrick Wagner: „(Um-)Wege in den Rechtsstaat" in: Zeithistorische Forschungen/Studies in Contemporary History, Online-Ausgabe, 9 (2012), H. 1

Barenboim-Interview: „Einmal in Teheran spielen" in der ZEIT Nr. 49
(28.11.2013, S. 10)

Uwe Wesel: „Augsburger Landrecht", ZEIT Nr. 7 (6.2.2014, S. 49)

Wolfgang Ram wurde 1952 in Hamburg geboren. Der Kinderkardiologe und Vater von vier Kindern lebt mit seiner Familie in Kiel. Sein erster Roman „KielOben in der Klemme" erschien im Jahr 2000 bei „Books on Demand" (ISBN 3-8311-0097-7, 9,90 Euro).